JN055303

# テレーズ・デスケルー

モーリヤック／著
福田 耕介／訳

上智大学出版
Sophia University Press

## 目次

# テレーズ・デスケルー[1]

「主よ、あわれんでください。頭のおかしい男たちと女たちをあわれんでください。ああ、造物主よ、どうして怪物たちが存在し、どのようにしてそうなったか、どのようにしたらそうならずにすんだかもしれないのかを、唯一ご存知のお方の眼にも、怪物は存在しうるものでしょうか……」

シャルル・ボードレール[2]

1　『愛の砂漠』、『蝮のからみあい』などのモーリヤックのほかの小説のタイトルを思い浮かべてみればわかるように、読者が作品を理解する手助けとなる比喩的な意味合いをタイトルに盛りこむ傾向の顕著なモーリヤックにあって、あえて主人公の氏名だけをタイトルに据えた唯一の小説となっている。草稿の段階では、「家族の精神」、「灰をのせた皿」（猫が汚物を覆う、トイレのこと）などが、タイトルの候補として考えられていた。

2　シャルル・ボードレール（一八二一―一八六七）の『パリの憂鬱』に収められた「ビストゥーリ嬢」の最後の一節。「ビストゥーリ」とは外科用のメスのことであり、人ごみで偶然に出会った女性が「私」を自宅に招じ入れて、医者に対する偏愛を披瀝するさまを描いている。

テレーズよ、多くの人が、あなたのような人が現実には存在しないと言うことだろう。だが、私は、あなたが存在することを知っている。私は、何年も前からあなたの様子をうかがい、しばしば通りすがりのあなたを立ちどまらせ、仮面を剥いでいるのだから。

青年だった時に、重罪裁判所の息の詰まる部屋で、飾りたてたご婦人方よりは人間味のある弁護士たちに引きわたされた、唇の色の消えた、あなたの小さな白い顔を見かけたことを覚えている。[3]

その後、田舎のある客間で、親戚の老婦人たちや素朴な夫の心遣いにいらだつ、取り乱した若い女性の顔立ちで、あなたは私の前に姿を現わした。「いったい、どうしたのだろう？ 私たちは、何でもかなえてあげているのに」とその人たちは言っていたものだ。

その時から、広い立派なひたいの上に置かれた、あなたの少し大きすぎる手に、何度私は見ほれたことか。ひとつの家族の生きた格子越しに、あなたが忍び足でぐるぐると歩きまわるのを、何度私は眼にしたことか。悪意のある悲しげな眼差しで、あなたは私をじっと見ていた。

ほかのどの私の主人公よりも、さらにおぞましい人物を思いつくことができたことに、多くの人が驚くことだろう。美徳の溢れでている、手の上に心を持つ[4]人たちについて、私にはついに何も言うことができないのだろうか？「手の上に心を持つ人たち」には、物語がない。私が知っているのは、泥の肉体の中に埋もれ、それと一体となった心の物語なのだ。

テレーズよ、苦しみによって、できるものならあなたが神に引きわたされることを、私は望んでいた。そして長い間、あなたが、聖女ロクスタ[5]の名に値すればよいと願っていた。だが、そうしていたら、苦しみにさいなまれた私たちの魂が、失墜しても贖われることを信じているはずの人たちが、それにもかかわらず何人も、瀆聖だと叫びたてたことだろう。

少なくともあなたを置いていくこの歩道の上で、私はあなたがひとりではないという希望を持っている。

---

3　モーリヤックが、一九〇六年五月にボルドーで裁判を傍聴したカナビー夫人が、テレーズの有力なモデルのひとつになった。カナビー夫人もまた、夫をファウラー氏液で毒殺しようと試みて失敗し、裁判では夫と義母に弁護された。

4　「手の上に心を持つ」という表現は「高潔な」という意味を持つ。

5　ロクスタは、ローマ皇帝ネロに仕えた毒を使う殺し屋。もちろん、聖女ではない。テレーズの二面性を表わす語句として、最初の草稿では、この「聖女ロクスタ」が、「テレーズ・デスケルー」というタイトルの下に、副題として添えられていた。

# テレーズ・デスケルー

## 第一章

弁護士がドアを開けた。テレーズ・デスケルーは、裁判所[6]の人眼につかないこの廊下で、顔に靄を感じて、深々とそれを吸いこんだ。待ちぶせされていることを恐れて、外に出るのをためらっていた。襟を立てたひとりの男が、プラタナスの影から姿を現わした。彼女には父親だとわかった。弁護士が「免訴です」と叫び、それからテレーズの方を振りむいて言った。

「出ても大丈夫です。誰もいません」

彼女は濡れた階段を降りた。たしかに、小さな広場には人気がないようだ。父親は娘にキスをしなかった。一瞥さえ与えなかった。彼が弁護士のデュロスに質問をすると、弁護士は小声で答えた。見張られてでもいるかのようだった。ふたりの言葉がぼんやりと彼女の耳に届いた。

「明日、免訴の正式の通知を受け取ります」

「もう不意を突かれる可能性はないだろうね？」

「ありません。にんじんは煮えてしまった[7]、ということです」

「婿が供述してからは、決まっていたようなものだったがね」

「決まっていた、とはお言葉ですね。そういうものではありませんよ」

「だって、本人が、滴数を数えたことは一度もないと供述したのだよ……」

「ご存知でしょう、ラロックさん、こうした種類の事件では、被害者の証言というものは……」

テレーズが声を上げた。

「被害者などいなかったのよ」

「私が言いたかったのは、自分の不注意の被害者ということですよ、奥さん」

ふたりの男は、コートにしっかりくるまって、身動きしないこの若い女性を、まったく表情のないこの青白い顔を、一瞬注視した。彼女が、馬車はどこにあるのかと尋ねた。彼女の父親は、注意を引かないように、町の外の、ビュドス街道にそれを待たせておいた。

彼らは広場を横ぎった。雨に濡れたベンチには、プラタナスの葉が張りついていた。さいわい、日がだいぶ短くなっていた。それに、ビュドス街道に出るには、この郡庁のある町のもっとも人気のない通りを通っていけばよい。テレーズはこのふたりの男にはさまれて歩いていた。テレーズの方が、ひたいから上の分だけ背が高かった。ふたりは、まるでテレーズなどそこにいなかったかのように、ふたたび議論を始めていた。だが、彼らを隔てるこの女性の体が邪魔になって、肘で押しやった。それで、テレーズは少し後方に下がると、左手の手袋を脱いで、道沿いの古い石の壁の苔をむしりとった。時おり、自転車に乗った労働者が彼女を追いぬいた。馬車が追いぬいていくこともあった。泥が跳ねるので、壁に張りついていなければならなかった。それでも、夕暮れがテレー

6　ジロンド県のバザスという町の裁判所がモデルになった。

7　「にんじんは煮えてしまった」という表現は、「今さらどうしようもない」という意味を持つ。

ズを覆いかくしていたので、彼女が誰だか悟られることはなかった。パンを焼く釜と霧の匂いは、彼女にとって、もはやただ単に小さな町の夕暮れの匂いではなかった。彼女はそこに、ようやく自分に返された生活の香りを見いだしていた。草の生えた、濡れた、眠りこんだ大地の息を感じながら、眼を閉じていた。短い湾曲した脚を持つ、この背の低い男の言葉を聞かないように努めていた。この男は、一度も娘の方を振りかえらなかった。彼女が道の端に倒れてしまったとしても、彼もデュロスも気がつかなかったことだろう。もう声高に話すことも恐れていなかった。

「デスケルー氏の供述は見事でした。たしかに。しかしあの処方箋がありました。要するに、あれは偽造された……訴えて出たのは、ペドメ医師でしたし……」

「彼は訴えを取りさげたよ……」

「それにしたって、彼女のした説明は、つまり、見知らぬ男に処方箋を託されるというのでは……」

テレーズは、疲れていたためというよりも、何週間も前から嫌というほど聞かされてきたこうした言葉から逃れるために、歩みを遅くした。だが、無駄だった。父親の甲高い声はどうしても耳に入ってくる。

「あいつには何度も言ったんだ。『情けないやつだ。ほかに説明のしようがあるだろう……ほかに』……」

じっさい、父親は何度もそう言ったし、自分の正しいことがわかったはずだ。どうしてまだあたふたしているのか? 父が家名の名誉と呼ぶものは、無事だったのだ。これから上院の選挙まで、もう誰もこの話を蒸しかえしたりはしないだろう。テレーズは、そう考えて、ふたりの男になるたけ追いつかないようにする。しかし議論が熱を帯びて、ふたりは道の真ん中に立ちどまり、身振りを交えている。

「私の言うことを信じてください、ラロックさん。反攻に転じるのです。日曜日の『種まく人』紙で攻勢に出るのです。私がやった方がいいですか？『卑劣な風評』というような見出しが必要でしょう……」

「いや、いや、だめだよ、それに何と答えればよいのだ？予審がぞんざいに済まされたことは、あまりに明らかだ。筆跡鑑定の専門家に依頼することさえしなかったのだからね。口を閉ざし、揉み消すことだよ。私にはそれしかできない。行動を起こし、何だって惜しまないつもりだが、家族のためには、こうしたことはすべて覆いかくさねばならないのだ……覆いかくさねばね……」

テレーズにはデュロスの返答が聞こえなかった。というのも、ふたりが大股で歩きだしていたからだ。彼女は、窒息しかけた人のように、ふたたび雨まじりの夜気を吸いこんだ。すると突然、彼女の中に、母方の祖母であるジュリー・ベラッドの見たことのない顔が浮かんだ。見たことがないのは、ラロック家やデスケルー家で、この女性の肖像画や銀板写真や写真を探したところで、一枚も見つからなかっただろうからだ。その女性については、ある日出ていったということ以外、誰も何も知らなかった。自分も同じように消しさられて、無に帰していたかもしれないのだ、あとになって、彼女の娘、あの小さなマリが自分を生んだ女性の顔をアルバムの中に見つけることさえ許されなかったかもしれないのだと、テレーズは想像する。マリはこの時間には、すでにアルジュルーズの寝室で眠りについている。そこに、今晩遅く、テレーズは帰りつくだろう。その時には、この若い女性の耳に、暗闇の中で、子供の寝息が聞こえてくることだろう。彼女は身を屈め、この眠りこんだ生命を水のように唇で探し求めることだろう。

溝に寄せてある、幌を下ろした馬車の角灯が、馬の痩せた臀部をふたつ、照らしていた。その向こうには、道の左右に、森という暗い城壁がそびえたっていた。一方の土手から、反対側の土手にかけて、最初の松林の頂が合わさっていた。そして、そのアーチの下に沈みこんでいく道が神秘的だった。その道の上の空は、枝の絡みあった河床となって続いていた。御者が、むさぼるような注意力で、テレーズを凝視していた。ニザン駅の最終列車に間に合うように着くかと彼女が尋ねたので、彼は心配ないと言った。それでもぐずぐずしないに越したことはない。

「ガルデール、このきつい仕事を頼むのもこれが最後よ」

「もうここに用はないのですか?」

彼女は首を横に振ったが、この男はあいかわらず眼で彼女をむさぼるように見ていた。一生、こんな風にじろじろと見られることになるのだろうか?

「それで、満足しているのか?」

父親はようやく娘がそこにいることに気がついたかのようだった。角灯に鮮明に照らしだされた、この胆汁の色に汚れた顔や、黄ばんだ白い硬いひげの逆立った頬に、テレーズはしばし眼を向けて、様子をうかがった。小声で「とても苦しんだわ……くたくたよ……」と言って、そこで口をつぐんだ。話したところで何になろう?　父親は彼女の言うことなど聞いていない。もう彼女のことなど眼に入ってもいない。テレーズの感じていることが、父親にとってどんな重要性を持つというのか？ 次のことだけが大事なのだ。この娘のせいで、上院への昇進が中断され、危うくなったことだ（女などは、ばかでなければ、みなヒステリーなのだ）。さいわい、もうラロックという名前ではなく、デスケルー家の女だ。事件が重罪裁判所に回らなくて、一安心だ。敵の陣営が傷口をほじくりかえすことをどうやって防ぐべきか？ 明日にも、知事に会いに行こう。ありがたいことに、『保守ランド』紙の編集長は押さえてある。小娘たちのこんな話など……彼は、テレーズの腕を取った。

「はやく乗りなさい。時間だよ」

その時弁護士が、たぶん悪意をこめて——あるいはまた一言も声をかけないうちに、彼女が遠ざかってしまうことのないように、今晩にもベルナール・デスケルー氏のところに戻るのかと尋ねた。「もちろんよ、夫が私を待っているわ……」と答えた時に、じっさいに何時間かしたら、まだ少し具合の悪い夫が横になっている寝室の敷居をまたぐのだ、そして、あの男に寄りそって生きなければならない、果てしなく続く、昼と夜とが始まるのだということに、予審判事と別れてから初めて、彼女の考えが及んだ。

予審が始まってからというもの、この小さな町のすぐそばにある父の家に身を寄せていたので、この日の夕方に取りかかろうとしている移動なら、おそらく何度も同じことをしてきたはずだった。しかしその頃は、夫に正確な情報を伝えること以外に気がかりがなかった。車に乗る前に、再尋問を受けた時にデスケルー氏がなすべき返答についてのデュロスの最後の忠告に耳を傾けていた。その時のテレーズにはどんな不安もなかった。あの具合の悪い男とふたたび差し向かいになると考えてもまったく困惑しなかった。その時にふたりの間で問題になっていたのは、現実に起こったことではなく、言うのが重要なことと、言わないでおくべきことだった。この夫婦があの弁護によって以上にひとつになったことは一度もなかった。たったひとりの人間の肉体の中で、ひとつになったのだ——ふたりの小さな娘、マリの肉体だ。彼らは、裁判官用に、この論理家を満足させることのできる、単純で緊密に結ばれた物語を再構成していた。あの頃も、テレーズは今晩彼女を待っている、この同じ馬車に乗った——だが、夜間のこの移動が終わるのが何と待ちどおしかったことか。今は、それが終わらないでほしいと願っているというのに！　馬車に乗るとすぐに、もうあのアルジュルーズの部屋にいるのだったらよいと考え、ベルナール・デスケルーが待っている情報を思いかえしていたことを彼女は思い出す（ある晩、妻があの処方箋について自分に話したことがあったと断言するのを恐れることはない。つけがたまっていて、薬局には顔を出しづらいという理由で、見知らぬ男からそれを引き受けてほしいと妻が頼みこまれたのだと……。しかし、そんな軽率なことをしたと言って、妻を咎めたことを覚えているとまでベルナールが言いはることには、デュロスは賛成しなかった）……

悪夢が消えさって、ベルナールとテレーズは、今晩何を話すのだろうか？　彼女は頭の中に、夫が待っている人里離れた家を思いうかべる。床にタイルを張った寝室の中央にあるベッドや、テーブルの上の、新聞や薬瓶の間に置かれた背の低いランプを想像する……車の音で眼を覚ました番犬たちが、まだ吠えているが、やがて黙る。そしてふたたび、あの厳かな静寂があたりを領するだろう。ひどい吐き気に襲われたベルナールを凝視していた夜々のように。テレーズは、しばらくしたら、ふたりが交わすことになる最初の視線を想像しようと努める。それからは、今夜、そして翌日、その次の日、来る週も来る週も、あのアルジュルーズの家で過ごすのだ。彼らが生きた悲劇的事件の、人に話すことのできる説明を一緒に組み立てる必要ももうないだろう。彼らの間には、もはや現実に起こったことしか存在しないことになるだろう……現実に起こったこと……パニックにおちいって、テレーズは弁護士の方を向いて口ごもって言う（じつは、老いた父親に向かって、彼女は話している）。

「デスケルーのもとに何日かいるつもりです。それから、状況がはっきりと良くなってきたら、父の家に戻ります」

「何だって！ ならん、ならん、まったく」

ガルデールが御者台の上で体を動かしたので、ラロック氏は、声を低めて続けた。

「すっかり頭がおかしくなったのか？ 今この時に、夫のもとを離れるのか？ おまえたちは、片手の二本の指のようでなければならんのだ……二本の指のようにだ、わかるか？ 死ぬまでだぞ……」

「お父さんの言うとおりね。どうかしていたのかしら？ それでは、お父さんがアルジュルーズに来てくれるの？」

「いいか、テレーズ、いつものように、市の立つ木曜日におまえたちが来るのを、家で待っている。いつも来ていたように、おまえたちが来るのだ！」

少しでも習慣に反することが命取りだということを、この娘が理解できないとは信じられない。本当にわかっているのか？　テレーズを当てにしてよいのか？　ずいぶんと家族に迷惑をかけたが……

「おまえは、夫がしろと命じることをすべてするのだ。そうとしか言いようがない」

そして、娘を馬車の中に押しこんだ。

テレーズは、自分の方に弁護士の手が差しだされるのを見た。硬い爪が黒ずんでいた。「終わりよければすべて良しですね」と彼が言った。そして、それは偽りのない気持ちだった。もし事件が進むべき方向に進んでいたら、恩恵にあずかることは、ほとんどなかったことだろう。この家族は、ボルドー弁護士会のペールカーヴ弁護士に依頼したであろうから。本当に、すべて良しだ……

# 第二章

古い馬車のこのかびくさい革の匂い。テレーズはそれが好きだ……煙草を忘れたことも苦にならない。暗い中で吸うのが大嫌いなのだ。角灯が、斜面やシダの葉の縁や、巨大な松の木々の根もとを照らしている。砂利が堆積しているせいで、馬車の影の形が崩れている。時おり、荷車が通る。ラバたちが、自発的に右側を通り、眠りこんだラバ引きが身動きすることはない。テレーズには、永久にアルジュルーズに達することがないように思われる。決してそこに達することがなければよいと思う。ニザン駅まで馬車で一時間以上。それから各駅に果てしなく停車するあの小さな列車。彼女が下車するサン＝クレールからでさえ、アルジュルーズまで、馬車で十キロ走りとおさなければならない（夜には、どんな自動車も、入っていこうとはしないような道だ）。まだこの行程のどこかで、運命が手を下し、自分を解放してくれるかもしれない。テレーズは、もし嫌疑がかかったままであったなら、判決の前夜に取りつかれたであろう想像に捕われる。地震が起きてくれたら、という期待だ。彼女は、帽子を取り、匂いのする革に、青ざめた小さな揺れる顔を押しつけて、揺れに体をあずける。自分はこの夜まで、追いたてられて生きてきた。無事に助かった今、自分の衰弱の度合いを測定する。こけた頰、頰骨、吸いこまれた唇、そしてこの広い見事なひたいが、罪を宣告された女の顔を構成している——そう、あの人たちは有罪だと認めなかったけれども——永遠の孤独という刑を宣告された女の顔だ。少し前まで、彼女の魅力には抗しがたいとみなから言われていたが、もし、くたくたになるほどに表情を取り繕うことをやめたなら、密かな悩みや内面の傷の疼きが顔に出てしまう人たちがみな持っている魅力だ。松の木々の濃密な闇の中に開かれた道を通る、この揺れる馬車の奥で、仮面をはずしたひとりの若い女性が、生きたまま火あぶりにされた自分の顔を、右手で優しく撫でる。虚偽の証言によって助けてくれたベルナールは、最初に何と言うだろうか？　おそらく今晩は何も質問しないだろう……だが、明日は？　テレーズは眼を閉じるが、また開き、馬が並足で進んでいたので、どこの上り坂なのか見わけようとする。ああ！　先のことは何も考えないこと。たぶん、想像しているよりも簡単なはずだ。先のことは何も考えないこと。眠ること……どうしてもう馬車に乗っていないのか？　緑のカーペットの向こうにいるあの男。予審判事だ……またこの男か……でも、事件の片がついたことはよくわかっているはずだ。彼は頭を左右に振る。免訴の決定を下すことはできない。新事実がひとつ出てきたのだ。新事実？　テレーズは、引きつったところを敵に見られないように、顔を背ける。「思い出してください、奥さん。あの古い袖なしマントの内ポケットに——十月の、モリバト猟の時にしかもう使うことのないあのマントです——何も入れっぱなしにしていませんか、何も隠してはいませんか？」ぐうの音も出ない。息が詰まる。獲物から目を離さずに、判事は、赤く封印されたとても小さな包みをテーブルの上に置く。テレーズには、封筒の上に書かれた処方をそらんじることもできるだろう。それをこの男が威圧的な声で判読する。

クロロホルム：三十グラム
アコニチン　顆粒：二十番
ジギタリン　溶液：二十グラム

判事がからからと笑う。ブレーキが車輪にあたってきしむ。テレーズが眼を覚ます。彼女は胸を撫でおろし、霧をいっぱいに吸いこむ（白い小川の下り坂に違いない）。こんなふうに思春期に、ある手違いからふたたび中等教育修了試験を受けなければならなくなる夢を見たものだ。今晩も、あの頃の目覚めと同じ安堵を味わう。免訴がまだ正式なものではないので、かすかに不安が残っている。「でも、わかっているでしょ。最初に弁護士に通知があるはずよ」

自由……それ以上に何を望むのか？　ベルナールのそばで暮らすことを可能にすることなど自分にとっては児戯にすぎないだろう。心の奥底まで彼に曝けだすこと。何も闇の中に残しておかないこと。そこに救いがある。隠されていたことをすべて明るみに出すのだ。今晩さっそく。こう決心すると、テレーズは喜びに満たされる。アルジュルーズに到達するまでに、「告解の準備をする」時間はあるだろう。敬虔な友アンヌ・ド・ラ・トラーヴが、ふたりの幸福だった夏休みの土曜日ごとに繰りかえしていた言葉だ。義理の妹のアンヌ、いとしい純真なあなたが、この物語の中に、何という位置を占めていることか！　このうえなく無垢な人たちは、毎日、毎夜、自分たちがどんなことに関わりあっているのか、自分たちの子供の歩みの下に、どんな毒されたものが芽生えているのか、知らないのだ。

たしかにあの少女の言うとおりだった。理屈っぽくてからかうのが好きな高校生だったテレーズに向かって、彼女が繰りかえし言ったものだ。「告解をして、赦しを得たあとの、あの解放感があなたには想像できないのよ――清められて、心機一転、生活を始めることができるんだから」。じっさい、すべてを言う決心をしただけで、すでにテレーズが、えもいわれぬ一種の緊張のゆるみを感じるのに十分だった。「ベルナールにすべてを知ってもらうのだ。彼にこう言おう……」

彼に何と言おうか？ どんな告白から始めるべきなのか？ 欲望や決意や予測不可能な行為の、この混沌とした連鎖を、言葉で言い表わすことができるのか？ 自分がどんな罪を犯したのかわかっている人たちはみな、どうしているのか？「わたしはというと、自分がどんな罪を犯したのかわからない。自分に着せられている罪を、わたしは望まなかった。自分が何を望んだのか、わたしにはわからない。自分の内と外にある、あの激烈な力が何に向かっているのか、わかったことは一度もない。道すがらその力が破壊していったものには、自分自身が震えあがったものだった……」

くすぶった灯油のランプが、ニザン駅の漆喰を塗った壁と、止まっている一台の馬車を照らしていた。（その周囲には、何とすばやく闇が再形成されてしまうことか！）停車中の列車から、牛や山羊の悲しげな鳴き声が聞こえてきた。ガルデールは、テレーズのかばんを持って、ふたたび彼女を眼でむさぼっていた。女房から焚きつけられてきたのに違いない。「あの女がどんな様子か、どんな顔をしているか、良く見ておくんだよ」。ラロック氏の御者に対して、テレーズは本能的にあの微笑を取りもどしていた。「彼女が美しいか醜いかなどと問うこともなく、彼女の魅力に屈してしまう」と、みなに言わしめた微笑だ。彼女は、窓口に行って席を取ってくれるように彼に頼んだ。小作農家の女性がふたり、籠を膝に乗せて座り、頭を動かして編み物をしていたので、待合室を横ぎるのが恐かったのだ。

　彼が切符を持ってきた時、彼女は釣銭は取っておくように言った。彼は片手を帽子にあてた。それから、手綱を取りまとめて、最後にもう一度振りかえって、主人の娘をじっと見た。

　列車はまだ連結されていなかった。最近まで、夏休み中や学期の始まる頃には、テレーズ・ラロックとアンヌ・ド・ラ・トラーヴは、ニザン駅でのこうした待ち時間を楽しく過ごしたものだった。ふたりは、宿屋の食堂で、ハム・エッグをひとつ食べ、それから腰に手を回しあってこの道を歩いた。今晩はその道がとても暗かった。だが、あの過ぎさった歳月に関しては、テレーズには月明かりに白くなったこの道しか眼に浮かばない。あの頃、ふたりは自分たちのひとつになった長い影を笑ったものだった。おそらく、先生たちや級友たちの話をしていたのだ——ひとりが自分の修道院の女学校を擁護すれば、もうひとりは自分の高校を擁護した。「アンヌ……」テレーズは暗い中で大きな声で彼女の名前を発音する。まず最初にベルナールに話さなければならないのは、彼女のことだ。あのベルナールは、男たちの中でももっともきっちりとした男だ。彼は、あらゆる感情を分類し、切り離し、そうした感情と感情とが錯綜した隘路や小路でつながっていることがわからないのだ[8]。テレーズが生き、苦しんだこの不分明な地帯に、どうやってあの人を導きいれるのか？それでも、そうしなければならない。しばらくして、寝室に入ったらベッドの縁に座り、「やっとわかったよ。立ちなさい。許されてあれ」と言って彼がテレーズの話をさえぎるところまで、段階を追いながらベルナールについてきてもらう以外に、できる仕草は何もない。

彼女は駅長の住居の庭を手探りで横ぎり、見わけられない菊の匂いを嗅いだ。一等の車室には誰もいない。いたとしても、そこの薄暗いランプでは、彼女の顔が照らしだされることはなかっただろう。本を読むことはできない。だけど、彼女の恐ろしい人生に比しても、テレーズに色あせて見えない物語などがあっただろうか？　おそらく恥ずかしさや不安、良心の呵責や疲労のために死ぬことはあるかもしれないが――退屈のあまり死ぬことはないだろう。

彼女は車室の隅に体を丸めて眼を閉じた。自分くらい頭のいい女が、この悲劇的事件を理解可能なものにすることができないなんてことがありうるだろうか？　そうだ、告解が終わったら、ベルナールが立ちあがらせてくれるだろう。「安心しておいで、テレーズ、もう心配することはない。このアルジュルーズの家で、ふたりで死ぬまで暮らすことにしよう。なされてしまったことで、ふたりが隔てられることなどありえない。喉が渇いた。あなたが自分で台所に降りて、オレンジエードを一杯作ってくれ。たとえ濁っていても、それを一気に飲みほすつもりだ。昔の朝、飲んでいたココアを思い出す味がしても平気だよ。なあ、覚えているかい、あの吐き気を？　あなたが手で優しく、私の頭を支えてくれた。あなたはあの緑がかった液体から目を逸らさなかった。私が失神しても、あなたはたじろがなかった。それでも、足が動かなくなり、感覚がなくなったことに私が気がついた夜には、あなたは何と蒼白になったことだろう。私は震えていた、覚えているかい？　そして、あの愚鈍なペドメが、言葉を失っていたな。私の体温がとても低いのに、脈があんなに乱れていたものだから……」

「ああ! わかってはくれないだろう。始まりから、すべてをまた話さなければならないだろう……」とテレーズは考える。私たちの行為の始まりはどこにあるのか? 私たちの運命はそれだけを切り離して考えようとする時、すべての根をそっくり引きぬくことの不可能な植物に似ている。テレーズは、自分の子供時代にまで遡るのか? しかし、子供時代は、それ自体がひとつの結末であり、ひとつの到達点なのだ。

テレーズの子供時代。このうえなく汚れた河のみなもとの雪。高校では、彼女は、同級生たちを引き裂く細々とした悲劇には無関心で、あたかもそこには加わらないで生きているように見えた。女性教師たちは、しばしば、同級生たちに、テレーズ・ラロックを手本とするように勧めた。「テレーズの求める報酬は、ただ自分の中に優れた人間の型を実現する喜びだけです。彼女の意識が、彼女の唯一の、十分な光となっています。人間のエリートに属しているという誇りが、罰を恐れること以上に、彼女の支えとなっているのです……」そのように、女性教師のひとりが、自分の考えていることを表現した。テレーズは、自分に問う。「わたしはそんなに幸福だったか? そんなに無

8 草稿には、「ベルナールは、もっとも無垢な感情ともっとも罪深い感情との間にあるのが深淵ではなく、感じられないほどの〈傾斜〉であり、錯綜した隘路や小路であることがわからないのだ」という形で、善と悪の錯綜というモーリヤック小説の重要な主題が明確に記されていた。「もっとも罪深い感情」によって、テレーズがアンヌに同性愛的な感情を抱いていたとベルナールの誤解する可能性が示唆されている。

邪気だったか？　結婚する前のことはすべて、記憶の中で無垢な外見をまとっている。おそらくあの消すことのできない、婚姻の汚れと対比されるからだ。妻となり母となる前の高校時代が、わたしには天国として現われる。あの時は、そのことは意識していなかった。人生を生きはじめる前のあの歳月に、自分の本当の人生を生きていたなんて、どのようにしたら知ることができただろうか？　無垢といえば、無垢だった。そう、天使だった！　ただし情念でいっぱいの天使だ。先生たちが何と言おうと、わたしは苦しんでいたし、人を苦しめてもいた。自分が与える苦痛や、友人たちから来る苦痛を、楽しんでいた。良心の呵責によって損なわれることのまったくない純粋な苦しみ。痛みと喜びとが、もっとも罪のない快楽から生まれていたのだ」

テレーズの報酬は、焼けつく季節に、アルジュルーズのカシの木々の下で再会するアンヌに自分が価しないと思わずにすむことだった。聖心修道会の女学校育ちのあの子に、こう言ってやれなければならなかった。「あなたと同じくらい無垢でいるのに、そんなたくさんのリボンや決まり文句などわたしには必要ないわ……」そのうえ、アンヌ・ド・ラ・トラーヴの無垢は、何よりも無知から成りたっていた。聖心修道会の修道女たちは、現実と女生徒たちの間を、無数のヴェールで隔てていた。あの女性たちが、美徳と無知とを混同していることを、テレーズは軽蔑していた。「あなたはねえ、人生を知らないのよ」と、アルジュルーズでのあの遠い夏の日々に、彼女は繰りかえしたものだった。あの美しい夏の日々……テレーズは、ようやく動きはじめた小さな列車の中で、もしはっきりと理解したいのなら、あの日々の方へ遡って考えなければならないのだと認める。私たちの人生の澄みわたったあの夜明けに、最悪の嵐がすでに垂れこめていたとは、信じがたいが真実なのだ。あまりに青い午前中の空は、午後や夕方の天候にとっては、悪い兆しとなる。花壇が荒らされることや、木々の枝が折れることや、一帯が泥土と化すことなどを告げているのだ。テレーズは、人生のどの瞬間にも、熟慮したことはないし、計画的に行動したことなどまったくない。急な曲がり角などひとつもなかった。感じられないほどの坂を、最初はゆっくりと、次第に速度を上げて、くだっていったのだ。この夜の、途方に暮れたこの女性は、あのアルジュルーズの夏の日々にまばゆかった、まさにあの若い人なのだ。その場所に、彼女は今、夜陰に乗じ人目を忍んで帰ろうとしているのだ。

何という疲労！ 成されてしまったことの秘密の動機を見つけたところで何になろう？ この若い女性には、ガラス窓の向こうに、何も見わけることができない。死んだような自分の顔が映っているばかりだ。小さな列車のリズムがとぎれる。機関車が長く汽笛を鳴らして、慎重にひとつの駅に近づく。人の手で角灯が振られ、方言で呼ぶ声や、列車から降ろされた子豚たちの甲高い鳴き声がする。もうユゼストだ。あと一駅あって、その次がサン＝クレールだ。そこから馬車でアルジュルーズまでの最後の行程をやりおおせなければならない。弁解を準備するためにテレーズに残された時間の何と少ないことか！

# 第三章

アルジュルーズは、真実、地の果てである。それより先へと進むことのできない土地のひとつであり、地元では陸の孤島(カルティエ)と呼ばれている。何軒かの小作農家が、教会も役場も墓地もなく、ライ麦畑の周囲に散在している。サン=クレールの町からは十キロ離れていて、町とはたった一本のでこぼこ道で結ばれている。轍や穴だらけのこの道は、アルジュルーズを過ぎると、砂で覆われたいくつかの小道に分かれる。そして、大西洋までは、もはや八十キロにわたる沼地や潟、痩せた松の木々や、冬の終わりに雌羊たちが灰色になる曠野(ランド)のあるばかりだ。サン=クレールの最良の家柄はみな、この辺鄙なカルティエの出身である。前世紀の半ば頃、羊の群れから得ていたわずかばかりの収入が、松脂と木材のおかげで増えはじめた時、今暮らしている人たちの祖父の世代がサン=クレールに居を構え、彼らのアルジュルーズの住居が小作農家となったのだ。庇の梁に彫刻の施されていることや、暖炉に大理石でできたものもあることが、彼らの昔日の威厳の証しとなっている。梁は、年を追うごとに少しずつ沈下し、疲弊した大きな翼が、ほとんど地面につかんばかりになっている屋根がひとつある。

それでもこうした古い住まいの中に、まだ、持ち主が住んでいる家が二軒ある。ラロック家とデスケルー家が、アルジュルーズの住居を先祖から受け取ったままに残してきたのだ。Bの町長であり、県会議員でもあるジェローム・ラロックは、郡庁所在地のすぐそばに本宅を構えていて、彼の妻（テレーズがまだ揺りかごにいる時に、産褥で亡くなった）から来たアルジュルーズのこの土地にはまったく手を加えようとしなかった。そして、この若い娘が好んでそこでヴァカンスを過ごすようになっても、驚きはしなかった。娘は、七月になるとそこに移って、父親の姉であるクララ伯母に見まもられて過ごした。耳の不自由な老いたこの女性もまた、この孤立した土地を愛していた。というのも、本人の言によれば、ここでは他の人たちの唇が動くのが眼に入らないからであり、松林を吹く風の音以外には何も耳にするはずのないことがわかっているからだった。ラロック氏は、アルジュルーズのおかげで、娘が手を離れて、あのベルナール・デスケルーと近づきになることを喜んでいた。両家の希望によって、公式な性質の合意ではなかったとはいえ、彼女はいずれ彼と結婚することになっていたのだ。

ベルナール・デスケルーはアルジュルーズに、ラロック家の家屋に隣接する家屋を父親から相続していた。狩猟の解禁以前に彼がそこに姿を見せることは決してなかった。そう遠くないところにモリバト猟の小屋を構えて、十月だけこの家で寝泊りするのだった。道理をわきまえたこの青年は、冬の間はパリで法律の講義を受けていた。夏は、わずかな日数しか家族と過ごさなかった。ヴィクトール・ド・ラ・トラーヴが彼にはがまんならなかったのだ。未亡人になった彼の母親が「一文無しの」この男と再婚したのだが、この男の金遣いの荒さは、サン＝クレールの物笑いの種となっていた。父親違いの妹であるアンヌのことは、その頃はまだ幼すぎるように思われて、気にもかけていなかった。テレーズのことは、それ以上に考えていただろうか？　この土地の人たちはみな、ふたりが結婚するものだと決めていた。ふたりの所有する土地が、ひとつになるためにあるように思われたからだが、この点に関しては、この賢明な青年も土地の人たちと意見が一致していた。しかし、彼は何事も成り行き任せにせずに、十分な計画のもとに人生を進めていることを誇りとしていた。「人が不幸になるのは、自分が過ちを犯した時だけだ……」と、いくぶん太りすぎたこの青年は繰りかえした。結婚するまでは、勉強にも趣味にも同じだけの精力を注いだ。食べる物やアルコール、とりわけ狩猟をおろそかにすることはなかったが、母親の表現を借りるなら、「一心不乱に」勉強した。というのも、夫たるものは、妻よりも学識がなければならないからだ。そして、テレーズの頭のいいことは、すでに評判になっていた。おそらく、常識にとらわれない考え方をしている……だが、ベルナールには、女性がどんな物の言い方に屈するものかわかっていた。それに、「両方の陣営に足を突っ込んでおくこと」は悪いことではないと、母親がよく彼に繰りかえしていた。ラロックの父親に助けてもらうことになるかもしれない。「あらかじめ入念に下調べをしたうえで」、何回かに分けて、イタリアやスペイン、オランダを旅行した後に、二十六歳で、ベルナール・デスケルーは、ランドでいちばん金持ちでいちばん頭の良い娘と結婚することになる。たぶんいちばん美しい娘ではないが、「彼女が美しいか醜いかと問うこともなく、彼女の魅力に屈してしまうのだ」。

テレーズは、頭に描いたこのベルナールの戯画に向かって微笑む。「本当のところ、わたしが結婚することのできた、たいていの男性よりも彼は洗練されていた」。中学からは男ばかりで過ごし、ほとんど洗練されることのないランドの男たちよりも、ランドの女たちは、はるかに優れている。男たちは、ランドに心が捕われていて、この土地のことがいつまでも頭から離れない。ランドが与えてくれる楽しみ以外には、何も存在しない。小作農たちと似ているところがなくなり、方言や、粗野で乱暴な態度を捨てると、ランドを裏切り、そこからいくらか遠ざかることになるのだ。ベルナールの硬い表皮の下には、人の良いところがないだろうか？ 彼がまさに死にかけた時に、小作農たちは言ったものだ。「あの方が亡くなったら、もうここには旦那と呼べる人がいなくなる」。そう、人の良いところがあった。そして、的確にものを考え、大いに誠実だった。彼は自分の知らないことはほとんど話さない。自分の限界を受け入れている。若い時には、このがさつなイポリット[9]は見た目もそれほど悪くなかった——ただ、若い娘たちよりも、ランドで追いつめるノウサギの方に関心を持っていたのではあるが……

とはいえ、まぶたを閉じて、車両の窓ガラスに頭をもたせかけたテレーズの眼に浮かんでくるのは、彼ではない。かつての朝九時頃、暑さが絶頂に達する前に、サン＝クレールからアルジュルーズへ行く道で自転車に乗っていたのは、冷淡な婚約者ではなく、顔をほてらせた彼の妹のアンヌだ——そしてすでにセミたちが松の木々に次々と火をともし、ランドの空の下、猛暑がうなり声を上げはじめていた。無数のハエの群れが、丈の高い下生えの草から湧きあがってきた。「居間に入

9　ジャン・ラシーヌ（一六三九—一六九九）作『フェードル』の作中人物。アテネの王、テゼーの息子。夫が死んだと思った義理の母フェードルから道ならぬ恋を打ち明けられる。

る時は、またコートをはおってね。氷室のようだから……」それから、クララ伯母が付け加えた。「さあさあ。汗がひいたら、飲み物をあげましょうね……」アンヌは、この耳の不自由な女性に、する必要のない挨拶の言葉をがなりたてた。「ねえ、声をからさなくてもいいのよ。唇の動きで何でもわかってくれるんだから……」でも、この少女は、一語一語はっきりと発音しようと無駄な努力をして、小さな口を歪めた。伯母がいい加減な返事をするので、しまいには、ふたりの女友だちは、心おきなく笑うために、逃げださずにはいられなくなるのだった。

　薄暗い車室の奥から、テレーズは、自分の人生のあの無垢な日々を見つめる——無垢ではあるが、ぼんやりとした、はかない幸福に照らしだされていた。そして、この喜びのぼやけた微光が、この世界において自分に分け与えられた唯一のものであるとは、当時の彼女には知るよしもなかった。過酷な夏のさなかのあの暗い客間に——あの赤い畝織のソファの上で、膝を寄せて写真のアルバムをのせていたアンヌのそばに、彼女の取り分のすべてが尽きていると教えてくれるものは、何もなかった。あの幸福はどこから来ていたのか？ アンヌがテレーズと同じ趣味をひとつでも持っていただろうか？ 読書は嫌いだった。縫い物をしたり、おしゃべりをして笑ったりすることだけが好きだった。何についても何も考えていなかった。それに対してテレーズは、ポール・ド・コック[10]の小説や、『月曜閑談』[11]、『執政政府史』[12]など、田舎の家の棚に置きっぱなしになっているものなら何でも、えり好みせずに、むさぼるように読んだ。共通の趣味はない。空の火に攻めたてられて人間たちが薄闇の中に引きこもるあの午後の間、一緒にいるという趣味があっただけだ。アンヌが時おり立ちあがって、暑さが収まったかどうか見た。しかし、鎧戸をわずかに開けただけで、溶解した金属の液体に似た光が突如としてほとばしりでて、編んだ髪の毛を焼き焦がすようだった。ふたたびすべてを締めきって、うずくまっていなければならなかった。

夕暮れになって、すでに太陽がもはや松の木々の根元を赤く染めるだけになり、地面のすぐそばで最後のセミが一匹鳴きたてる時でさえも、カシの木々の下にまだ暑さが澱んでいた。湖のほとりにでも腰を降ろしたかのように、ふたりの友は、畑のはじのところに横になった。雷雲が彼女たちに提示するイメージが形を変えていった。アンヌが空に見る羽の生えた女性をテレーズが見わける暇もなく、それはすでにもう横たわった奇妙な獣にすぎなくなったと、この若い娘が言うのだった。

九月になると、ふたりはおやつを食べたあとに外に出て、ひからびた土地に入っていくことができた。アルジュルーズには、どんなか細い水の流れもない。ユールと呼ばれる小川の水源に達するには、砂の中を長い時間歩かなければならない。そこでは、ハンノキの根と根の間から、狭い草地にある窪地を裂いて、泉が数多く湧きだしていた。若い娘ふたりの素足が凍りつくような水の中で感覚を失った。それから、乾いたかと思うと、ふたたび焼けつくようになった。十月にモリバト猟をする人たちの使う小屋のひとつが、少し前に暗い客間がそうだったように、ふたりを迎えいれた。お互いに言うべきことは何もない。どんな言葉もない。若い娘たちに体を動かすという考えの

10 ポール・ド・コック（一七九三―一八七一）は、明るい筆致でパリの庶民を描いて絶大なる人気を誇った流行作家。
11 近代批評を確立した、サント・ブーヴ（一八〇四―一八六九）の評論集。
12 第三共和政の成立に尽力した政治家、アドルフ・ティエール（一七九七―一八七七）の著作。この『執政政府と第一帝政の歴史』は、『月曜閑談』とともに、モーリヤックの祖父の書棚にあったと言われている。

浮かばぬまま、この罪のない長い休止の時間が過ぎていった。鳥の群れの飛翔が近づいた時に、沈黙を合図する狩人が動かないのと同じだった。そのように、たったひとつでも仕草をすれば、自分たちの形の定まらない純潔な幸福が逃れさってしまったことだろうと、ふたりには思われたのだった。アンヌが最初に、伸びをした——夕暮れにヒバリを仕留めるのが待ちきれないのだった。テレーズは、この遊びが嫌いだったが、それでもついていった。アンヌがいることに倦むことがなかった。アンヌは、玄関で、反動のない二十四口径の銃を取りはずした。彼女の友は、土手の上に残って、アンヌがライ麦畑の真ん中で太陽を狙うのを見ていた。太陽を消そうとするかのようだった。テレーズが両耳をふさいだ。青空の中の陶酔したさえずりがとぎれた。この女狩人は、傷ついた鳥を拾いあげ、片手で注意深く締めつけた。そして、温かい羽毛を唇で愛撫しながら、窒息させるのだった。

「明日は来る?」

「え! 来ないわよ。毎日なんて」

彼女は毎日会うことは望んでいない。もっともな言葉で、それに対して何も言いかえしてはならない。どう言いかえしても、テレーズ自身にも理解できない言葉に思われたことだろう。アンヌは来たがっていない。おそらく、来ようと思えば来られたはずなのだ。だが、どうして毎日会わなければならないのか?「そんなことをしたら、お互いが嫌になっちゃうわよ」と彼女が言っていた。テレーズは答えるのだった。「そうね……そうよ……とりわけ、義務みたいにはしないでね。そうしたくなったらまた来て……それよりもいいことが何もない時にね」。あの自転車に乗った若い娘は、ベルを鳴らしながら、すでに暗くなった道に姿を消そうとしていた。
テレーズは家の方に戻ってきた。小作農たちが遠くから彼女に挨拶をした。子供たちは近づいてこなかった。雌羊の群れが、カシの木々の下に広がっている時刻で、突然、群れ全体がいっせいに走りだすと、羊飼いが叫んだ。伯母が敷居のところで彼女の帰りをうかがっていた。そして、耳の不自由な女性にありがちなことだが、テレーズが話しかけてこないように、ひっきりなしに話した。いったい、あの不安は何だったのか？　本を読む気にもならない。何もする気がしない。彼女はふたたび、あたりをうろついた。「遠くに行かないで。食事にするから」。彼女は、道端まで戻った――視線の届く限り空虚だ。台所の敷居で鐘が鳴った。たぶん、今晩にでも、ランプをともさなければならないだろう。テーブルクロスの上に手を組んでじっとしている耳の不自由な女性にとってと同じくらい、この少し取り乱した若い娘にとっても深いものだった。

ベルナール、ベルナール、この混沌とした世界に、どうやってあなたを導きいれればよいのか？　眼が利かない種族に、単純な人間という無慈悲な種族に属するあなたを。「だけど」とテレーズは考える。「話しはじめたとたん、彼はわたしをさえぎるだろう。『どうして私と結婚したのだ？　あなたを追いかけまわしたりはしなかったのに……』どうして彼と結婚したのか？　たしかに彼にはまったく急ぐそぶりがなかった。テレーズは、ベルナールの母親であるヴィクトール・ド・ラ・トラーヴ夫人が、来る人みなにこう繰りかえしていたことを思い出す。「息子の方はずっとあとでも良かったんです。でもあの人が望んだんですよ。ええ、あの人の方がね。残念なことに、彼女は私たちの規範からは、はずれています。たとえば、やたらに煙草を吸います。気取っているのよね。でも、気性はとてもまっすぐで、このうえなく率直な人です。すぐに健全な考え方に連れもどしてあげられるでしょう。たしかに、この結婚が私たちにとっていいことずくめだったわけではありません。そうです……ベラッドの祖母がね……よくわかっています……でも、それは忘れられていますでしょ？ スキャンダルになったともほとんど言えないくらいです。それくらいきれいに揉み消されてしまいました。遺伝するとお考えですか？ 父親は誤った考え方をしています。それはたしかです。だけど、娘には良い手本しか示しませんでした。信仰を持たない聖人です。それに顔が利くんです。誰の力が必要となるかわかりませんし。つまり、少しくらいは眼をつむらなければならないということです。それに、信じて頂きたいのですが、彼女は私たちよりも裕福なんです。信じられないことですけど、そのとおりなんです。そしてベルナールを崇めています。けっこうなことですよ」

そう、あの人を崇めていた。それほど努力を要しない態度もなかった。アルジュルーズの客間や、畑に沿って立つカシの木々の下で、彼の方へ眼を上げるだけでよかった。眼に無邪気な恋をたたえることなどお手のものだった。こんな獲物が足元にいることがこの青年にとってもまんざらではなかったのだ。しかし驚いてもいなかった。「彼女をないがしろにしてはだめよ。苦しんでいるわよ」と彼の母親は息子に繰りかえした。

「私があの人と結婚したのは……」テレーズは、眉をひそめ、片手で両眼を覆って思い出そうとする。この結婚によってアンヌの義理の姉になるというあの子供っぽい喜びがあった。だけど、それを面白がっていたのは、とりわけアンヌの方だ。テレーズにとっては、そんなつながりなどほとんど重要ではなかった。本当のところ、なぜ顔を赤らめることがあるのか？　ベルナールの二千ヘクタールの土地に、無関心ではいられなかった。「彼女はずっと血の中に土地を引き継いできた」。長い食事のあとで、食器の片づけられたテーブルにアルコールが運ばれてくる時に、テレーズはよく男たちとそこに残っていた。小作農や鉱山の柱とする松材、松脂、テレビン油に関する彼らの言葉に引きとめられたのだ。所有地の評価に、彼女は夢中だった。広大な森林のひろがりを支配することに心を奪われたことには疑問の余地がない。「それに彼だって、わたしの松林に惚れこんでいた……」しかし、テレーズはおそらくもっとはっきりとしない感情に従ったのだ。それを明らかにするのだ。おそらく結婚に求めていたのは、支配や所有というよりは、避難所だった。そこへ駆けこんだのは、パニックになっていたからではないか？　現実的な少女であり、家事を手伝う子供だったので、急いで自分の位置を決め、最終的な居場所を見いだそうとしたのだ。自分でもわからない危険に対して安心したかったのだ。婚約期ほど、テレーズに思慮分別があるように見えたことは一度もなかった。家族というブロックの中にはまりこむのだ。「身を固めようとしていた」のだ。ひとつの秩序の中に入るのだ。危機を脱するのだ。

婚約していたあの春に、ふたりでアルジュルーズからヴィルメジャへと通じる砂の道をたどっていった。カシの木々の枯れた葉が、まだ青空を汚していた。ひからびたシダが、地面を覆っていたが、渦巻き状の若い芽の鮮やかな緑色が、そこから顔をのぞかせていた。ベルナールが言った。

「煙草に気をつけてくださいまだ火がついているかもしれません。ランドにはもう水分がありませんから」。彼女が尋ねた。「シダに青酸が含まれているというのは本当ですか?」ベルナールは、服毒して死ぬだけの青酸が含まれているのかどうかは知らなかった。彼は優しく彼女に聞いた。「死にたいのですか?」彼女は笑った。彼はもっとわかりやすい人になってほしいという願望を述べた。眼をつむっていると、彼の大きな手が自分の小さな頭を包みこんで、耳のそばでこんな声がしたことをテレーズは思い出す。「ここに、まだいくつか間違った考えがありますね」。彼女が答えた。「あなたがそれを打ちくだいてくださるのよ、ベルナール」。ふたりは、ヴィルメジャの小作農家に、寝室をひとつ増築している石工たちの仕事ぶりを仔細に見ていた。ボルドーに住んでいる持ち主は、そこに「胸を病んで死にかけている」末息子を住まわせようとしている。姉が同じ病気で亡くなっていた。ベルナールはこのアゼヴェド家の人たちを大いに蔑んでいた。「あいつらは自分たちの偉大な神々に誓って、ユダヤ人の家系ではないと言っています……しかし、見ればわかりますよ。おまけに結核ときています。あらゆる病気が……」テレーズは落ちついていた。アンヌが結婚式のために、サン=セバスチャンの修道院から戻ってくる。ドギレムの息子と寄付金を集めてくれるはずだ。彼女は、テレーズに、付きそいのほかのお嬢さんたちがどんなドレスを着るのか「折り返し」教えてほしいと頼んできた。「見本を貰うことができないかしら? 調和する色合いを選ぶことが、みんなにとって良いことだから……」テレーズは一度もこのような穏やかな気持ちになったことがなかった——彼女が穏やかな気持ちだと思っていたもの、じつは彼女の胸に巣食った爬虫類の半睡状態や冬眠にすぎなかったもの。

# 第四章

サン＝クレールの狭い教会での結婚式の息の詰まる日。そこでは、息もたえだえのリードオルガンの音をご婦人方のおしゃべりがかき消し、彼女たちの発散する匂いがお香の匂いを圧倒していた。テレーズが自分はおしまいだと感じたのは、まさにその日だった。彼女は夢遊病者のように檻の中に入ってしまっていた。そして重いドアがふたたび閉まる大音響で、突然、あわれな子供が目を覚ましたのだ。何も変わってはいない。しかし、もうこれからは、ひとりで道を誤ることもできないという予感があった。下生えの草の中を這い、松の木に一本ずつ火をつけ、次々に燃えうつって、森をたいまつと化す、表面には現われない火のように、ひとつの家族のもっとも深いところでくすぶることになるのだ。この人の群れの中に、眼を休ませることのできる顔などひとつもない。アンヌの顔だけだ。しかし、この若い娘は子供っぽく喜んで、テレーズから遠い存在になる。喜んでいるなんて！　まさにその夜にふたりが引き離されてしまうことを、知らなかったかのようだ。単に空間的に引き離されるばかりではなく、テレーズがまさに被ろうとしていること——汚れを知らぬ彼女の肉体に加えられようとしている、取りかえしのつかぬことのためでもあるのだ。アンヌは手を触れられていない人たちの待つ岸辺に留まっていた。テレーズは使用済みとなった女性たちの群れに混ざることになるのだ。聖具室で、こちらの顔を見あげる彼女のはしゃいだ小さな顔にキスをするために身を屈めた時に、突如あの虚無を感じたことを覚えている。その虚無の周囲に、ぼんやりとした苦痛と、ぼんやりとした喜びの世界を築きあげていたのだ。数秒の間、自分の心のこの暗い力と、白粉をべたべたと塗ったこのかわいらしい顔とが、果てしなく均衡を欠いていることを彼女は目の当たりにした。

その日からずいぶんとあとまで、サン＝クレールやBでは、食べ物がふんだんに饗されたあのガマーチャ[13]の婚礼について話す時に（百人以上の小作農や使用人たちがカシの木々の下で飲み食いしたのだ）、「おそらくいつも美人なわけではないが、魅力そのものである」新婦が、あの日はみんなの眼に、醜くおぞましくさえ見えたことが必ず思い出された。「彼女ではないみたいだった。別人だった……」人々は単に、いつもの外見とは違う彼女を眼にしただけだった。彼らは白い衣装や暑さのせいにした。彼女の本当の顔がわからなかったのだ。

半ば農民的で、半ばブルジョワ的なあの結婚式の晩、きらびやかなドレスを着た娘たちのいるグループが、新婚夫婦の車を減速させて、歓声を上げた。ふたりは、アカシアの花の敷かれた道で、アルコールを飲んだ子供たちの運転する蛇行する馬車を何台か追いこした。テレーズは、その日の夜を思いうかべて、「ぞっとした」とつぶやく。それから言いなおす。「いいえ……それほどぞっとしたわけではない……」イタリアの湖水地方への旅行の間、大いに苦しんだだろうか？　いいや、そんなことはない。本心を見せないというお芝居に興じていたのだ。婚約者ならだますのは簡単だ。だが夫となると！　言葉で嘘をつくことは誰にもできるが、体で嘘をつくには別の技量が要求される。欲望や悦び、満ち足りた疲労を身振りで演ずることは、誰にでもできることではない。テレーズには、そうした見せかけを自分の体にまとわせることができた。そのことで、苦い喜びを味わった。それまで知らなかったあの感覚の世界に、ひとりの男によって、無理やり連れこまれた。想像力の助けを借りて、たぶん自分にとっても、そこに幸福がありえたはずだと認めることはできた――だけどどんな幸福が？ 雨にかすんだ風景を前にして、太陽が出ていたら、どんなふうであったかを思いえがくように、テレーズは、官能の喜びを発見したのだ。

生気のない眼で、絵の番号がベデカー[14]のガイドの番号に対応していないことばかりを気にかけて、最小の時間で見るべきものを見たことにご満悦だったあのベルナールという男は、何と簡単にだまされたことか！ 彼は自分の快楽の中に閉じこもっていた。幸せそうに飼料桶の匂いを嗅ぐ、柵越しに見ていて楽しい、かわいらしい若い豚たちのようだった（「私が飼料桶だったのだ」とテレーズは考える）。彼は、そうした豚のようにせかせかして、せわしなく、真面目くさった様子だった。一定のやり方に従っていた。「本当に慎みのあるやり方だと思っていらっしゃるの？」時おり、テレーズは唖然として思わず尋ねた。彼は笑って、彼女を安心させた。肉体に関することをすべて分類することを――名誉ある男の愛撫をサディスティックな男の愛撫と区別することを、彼

13　ミゲル・デ・セルヴァンテス（一五四七―一六一六）の『ドン・キホーテ』に、食べ物や飲み物がふんだんに供される富裕な農夫ガマーチャ（カマーチョ）の婚礼の饗宴が描かれている。

14　カール・ベデカー（一八〇一―一八五九）。ドイツの作家。出版社を設立し、豊富な文献に基づいた旅行ガイドを出版した。

はどこで教わったのか？　ためらったことなど一度もない。ある晩、帰り道に立ちよったパリで、ベルナールは、これみよがしにあるミュージックホールの席を立った。そこの出し物にショックを受けたのだ。「外国の人たちがこれを見るのだからな！　何と恥さらしなことか！　そして、あんなことで私たちが判断されるのだ……」テレーズは、この恥じらいのある男が、一時間も経たないうちに、闇の世界で考えだされたことを忍耐強く彼女にほどこす男と同一人物であることに、眼を見はった。

「かわいそうなベルナール——ほかの人よりも悪いわけではないのだ！　だけど、欲望はわたしたちに近づいてくる存在を似ても似つかない怪物に変えてしまう。相手の錯乱状態ほど、わたしたちと相手とを隔てるものはない。わたしはいつもベルナールが快楽の中に沈んでいくのを見ていた——わたしの方は、死んだ振りをしていた。あたかもこの狂った男が、このひきつけを起こした男が、少しでも身動きをすれば、わたしを絞め殺す危険があったかのように。しばしば、喜びが頂点に達しようとした時に、彼は突如自分がひとりであることを発見した。陰うつで執拗な動きが中断する。ベルナールは引きかえしてきて、わたしが歯を食いしばり、冷たくなって、砂浜に打ちあげられたようになっているのを見いだすのだった」

アンヌから来た、たった一通の手紙。あの少女は、手紙を書くのがあまり好きではなかった——しかし奇跡的に、テレーズの気に入らない文は一行たりともなかった。手紙というのは、私たちの本当の気持ちよりははるかに、喜んで読んでもらうために感じなければならない気持ちを表明するものである。アンヌはアゼヴェドの息子が来てから、ヴィルメジャの方へ行くことができないことに不満を漏らしていた。遠くから、シダの中に彼のデッキチェアが見えた。肺結核患者にはぞっとする。

テレーズは、この手紙を何度も読みかえして、それ以外の手紙は期待していなかった。それで、郵便の来る時刻に（ミュージックホールで席を立った晩の翌朝だった）、三通の手紙の上に、アンヌ・ド・ラ・トラーヴの筆跡を認めてとても驚いた。いろいろなところで「局留め」になってから、この手紙の束が自分たちの所に届いた。というのも、ふたりは、いくつもの行程を飛ばしてきたからだ。「自分たちの巣に戻るのを急ぐあまり」とベルナールは言っていた——しかし、本当のところは、ふたりとも一緒にいることにもう耐えられなくなっていたからだった。彼は、銃や猟犬や、よそにはないザクロ味のピコンを味わえる宿屋の遠くにいて死ぬほど退屈していた。それに、このひどく冷たくて人を小ばかにする女性は、決して喜びを顔に出さないし、興味深いことについて話しても乗ってこない！……テレーズの方が、サン＝クレールに帰ることを望んでいたのは、仮の牢獄に飽き飽きした流刑囚が、自分に残された人生が燃えつきることになる島を知りたがるようなものだった。テレーズは、注意深く、三通の封筒のひとつひとつに印字された日付を判読した。そして、彼女がまさにいちばん最初に投函された手紙を開けようとした時に、ベルナールが驚きの声を上げて、いくつかの言葉を叫んだ。彼女にはその意味がわからなかった。というのも、窓が開いていて、表の交差点で、バスが速度を変える音がうるさかったからだ。彼はひげを剃るのを中断して、母親からの手紙を読んでいた。絡み織の布地のチョッキや、筋肉のついたむきだしの腕が今でもテレーズの眼に浮かぶ。首と顔のあの青白い肌が、突如鮮やかに紅潮する。七月のあの朝は、すでに硫黄の匂いのする暑さに支配されていた。煙った太陽がバルコニー越しに見える建物の死んだようなファサードを、さらに汚くしていた。彼がテレーズの近くにきていて、叫んだ。「あいつは、とんでもないやつだ！　まったく！　あなたの友だちのアンヌだよ。やってくれるじゃないか。まさか私の妹が……」

テレーズが眼で問いかけた。

「あいつがアゼヴェドの息子にのぼせあがったなんて信じられるか？　そのとおりさ。連中がヴィルメジャの家を増築してやった、肺病病みさ……ところが、本気みたいなんだ……成年に達するまでがんばりとおすのだとさ……母さんは、あの子が完全にいかれてしまったと書いている。ドギレムの家に知られなければいいんだが！　そうなったら、ドギレムの息子が、結婚の申し込みを見あわせるかもしれない。あいつの手紙があるかい？　とにかく、見てみようじゃないか……おい、封を開けたらどうだ」

「順番に読みたいのよ。それに、あなたに見せるわけにはいかないわ」

まさにこの女らしい。いつでもすべてを複雑にする。ともかく、肝心なことは、彼女があの子に分別を取りもどさせることだ。

「両親は、あなたを頼りにしている。あの子はあなたの言うことなら何でも聞くから……そうだとも……そうだとも！……両親にはあなたが頼みの綱なんだ」

彼女が服を着がえている間に、電報を一本打って、南方急行[15]に席をふたつ予約してこよう。トランクに荷物を詰めはじめていてくれればよい。

「あの子の手紙を読むのに、何を待っているんだ?」

「あなたがいなくなることよ」

　彼がドアを閉めて出ていってからずいぶんと経ってからも、テレーズはただ横になって煙草を吸っていた。正面の建物のバルコニーに固定されている黒ずんだ金色の大きな文字にじっと眼を据えていた。それから、最初の封筒の封を切った。違う、違う。これはいとしいあのおばかさんではない。この火のような言葉を考えだしたのが、あの修道院学校の考えの足りない生徒であるはずがない。これが、あのひからびた心から出たはずがない――あの子の心はひからびているのだから。テレーズにはわかっているはずではないか！――この愛の歌は、この幸福な長い溜息は、男のものになった女性から洩れでたのだ。最初の喜びに達して、喜びで死なんばかりの肉体から洩れでたのだ。

「……わたしが彼に出会った時、それがあの人だとは思えなかった。叫び声を上げながら走って、犬と遊んでいた。どうしてこれがあの重病人だと想像できただろう……でも彼は病人ではない。大事を取っているだけなのだ。家族に不幸があったから。やせ細ってなどいない――むしろ、すらっ

15　パリとマドリッド、リスボンを結ぶ急行。若い時に、モーリヤック自身もよく利用した。

としているのだ。それに、甘やかされたりちやほやされたりするのが当然だと思っている……あなたにはわたしがそんなことをするとは思えないだろうけど、暑さが収まると、わたしが彼の袖なしマントを取りに行くのよ……」

もしベルナールがこの時、部屋に帰ってきていたら、ベッドに座ったこの女性が妻ではなくて、彼の知らない存在、名前のない異邦人であることに気がついたことだろう。彼女は煙草を捨てて、二通目の封を切った。

「……必要なだけの時間、待つつもりよ。どんなに反対されてもひるんだりはしない。わたしの愛は、そんなことは感じさえしない。わたしは、サン＝クレールに留めおかれている。でも、アルジュルーズは、ジャンとわたしが落ちあえないほど、離れてはいない。あのモリバト猟の小屋を覚えている？　大好きなあなたが、わたしがこんな喜びを味わうことになる場所をあらかじめ選んでおいてくれたなんて……だからといって、わたしたちが何か悪いことをしているなんて思わないでね。彼はとても気を遣う人よ！　あなたにはぜんぜん思いうかばないタイプの男性よ。あなたと同じように、たくさん勉強して、たくさん本を読んでいる。だけど、若い男の人であれば、わたしもそんなことにいらいらしたりしないし、彼をからかう気になったことなど一度もない。あなたと同じくらい物知りになれるなら、何だって差しだすことだろう！　ねえ、あなたが今自分のものにしていて、わたしがまだ知らない幸福は、いったい、どんなものなのかしら？　それが近づいてくるだけでこんな喜びに満たされるなんて。あなたがいつもおやつを持って行きたがったモリバト猟の小屋で、彼のそばにいると、自分の中に幸福を感じる。手で触れることもできそうだ。それでもこの喜び以上の喜びが存在するのだと自分に言い聞かせている。ジャンがすっかり青ざめて遠ざかると、ふたりの愛撫を思い出したり、次の日に起こることを期待したりして、あのあわれな人たちの嘆きや懇願や、罵りの言葉など耳にも入らない。あの人たちは、知らないのだ……一度も経験したことなどないのだ……まあ、許してね。わたしは、あなたも知らないかのように、この幸福について話している。あなたに比べれば、わたしなど新米にすぎないのに。だから、わたしたちを苦しめる人たちに対して、あなたがわたしたちの味方になってくれるものと確信しているわ……」

テレーズが三通目の封を切った。いくつかの言葉が走り書きされているだけだった。

「帰ってきて、いとしい人。わたしたちは引き離された。わたしは見張られている。あの人たちは、あなたが彼らの側につくと信じている。わたしはあなたの判断に従うと言ったわ。全部あなたに説明するつもりよ。彼は病人ではない……わたしは幸せよ。そして苦しんでいる。彼のせいで苦しいのが幸福であり、彼が苦しんでいるのを喜んでいる。彼がわたしに抱いている愛のしるしだもの……」

テレーズは、それ以上は読まなかった。封筒の中に便箋を滑りこませた時に、最初は眼に入らなかった写真が一枚入っているのが眼にとまった。窓に寄って、彼女は写真の顔を見つめた。髪の毛が密生しているために、頭が大きすぎるように見える若い男だ。テレーズは、この写真に写っている場所が、ジャン・アゼヴェドがダヴィデ王のように立っているこの土手が、どこだかわかった(その後ろに、雌羊たちが牧草を食んでいるランドのあるところだ)。彼は上着を腕にかけていた。彼のシャツが少しはだけていた。テレーズは眼を上げて、鏡に映った自分の顔に驚いた。歯を食いしばるのをやめ、唾を飲みこむのに苦労した。オーデコロンでこめかみやひたいをこすった。「あの子が、あの喜びを知っている……わたしはどうなんだ? わたしは? どうしてわたしではないのか?」写真がテーブルの上に出しっぱなしになっていた。すぐそばに、ピンが一本光っていた。「わたしがあんなことをしたのだ。あんなことをしたのは、わたしなのだ……」下り坂で速度の上がる列車に揺られながら、テレーズは繰りかえす。「もう二年前のことだ。ホテルのあの部屋で、私はピンを取り、この青年の写真の心臓の場所を突きさした——怒りくるっていたわけではなく、落ちついていて、ごくあたりまえの行為のようだった——トイレに、そのように刺しつらぬいた写真を捨てた。わたしは水を流した」

戻ってくると、彼女が考えぬいた人のような真剣な態度で、すでに行動プランさえ立てていたので、ベルナールは眼を見はった。とはいえ、こんなに煙草を吸うのは考えものだ。中毒になりかかっている! テレーズが言うには、小娘の気まぐれなどあまり重大に取ってはならないのだ。あの子には自分からよく話してきかせよう……ベルナールは、テレーズに安心させてもらいたがっていた——帰りの切符がポケットの中にあることにすっかりご満悦で、自分の家族がさっそく妻に助けを求めたことが何よりも得意だった。金はそれなりにかかるだろうが、新婚旅行の最後の昼食にブローニュの森のレストランへ行くことにしようと彼が告げた。タクシーの中では、狩猟が解禁になった時の計画を話した。バリヨンが躾けてくれた犬を試してみたくてうずうずしていた。焼灼のおかげで、雌馬が足を引きずらなくなったと母親が書いていた……まだほとんど客のいないレストランで、やたらと給仕の数が多いことに、ふたりは怖気づいた。テレーズは、あの時の匂いを覚えている。ゼラニウムと塩水の匂いだ。ベルナールはライン地方のワインを飲んだことが一度もなかった。「ちぇっ、そうとうぼるんだな」。だが、毎日がお祭りというわけではない。ベルナールの恰幅のいい体のせいで、テレーズには室内が見えなかった。大きな窓ガラスの向こうで、自動車が何台も静かに止まった。ベルナールの両耳のそばに、ぴくぴく動いているものが見えた。彼女には側頭筋だとわかった。最初に何口か飲むと、彼はすぐに真っ赤になった。田舎の好青年であり、何週間も前から、彼が一日に摂取する食物とアルコールを燃焼させる空間だけが不足していた。彼を憎んではいなかった。だけど、何とかしてひとりになりたかった！ 自分の苦しみについて考えたり、どこが苦しいのか探りあてたかったのだ。ただ彼がもうそこにいなくなって、無理に食べたり微笑んだりしないですめばそれでよかった。表情を作ったり、視線を和らげたりする気遣いをしなくてすめば、この不可思議な絶望について自由に考えを集中することができればよかったのだ。ひとりの人間が、人気のない島の外へ逃げだそうとしている。おまえは、その人が最後までおまえのそばで暮らすものだと想像していた。その人は、ほかの人たちとおまえを隔てる深淵を越え、ほかの人たちと一緒になる――つまり、住む星を変えるのだ……いいや、住む星を変えた人などこれまでにいただろうか？　アンヌは、単純に生きる人の世界でずっと暮らしていた。かつてふたりだけの夏休みの間に、テレーズが自分の膝の上に頭をあずけて眠るのを見ていたのは、幻にすぎなかったのだ。本当のアンヌ・ド・ラ・トラーヴのことは、まったく知らずにいたのだ。サン＝クレールとアルジュルーズの間にある、使われていないモリバト猟の小屋へ、今日もジャン・アゼヴェドに会いに行く彼女のことは。

「どうしたんだ？　食べないのか？　残すんじゃないぞ。値段を考えると、もったいないからな。暑さのせいか？　眼を回さないだろうね。もしかすると、気分が悪いのは……早いな」

彼女は微笑んだ。口だけで微笑んだ。あのアンヌの恋愛沙汰について考えているのだと言った（アンヌについて話さなければならなかった）。そして、彼女が解決に乗りだしてくれたので一安心だとベルナールが高らかに言ったので、どうして彼の両親はこの結婚を敵視するのか、とこの若い妻が尋ねた。彼女が自分をばかにしているのだと思って、彼は逆説を弄しはじめるのはやめてくれと頼んだ。

「第一に、連中がユダヤ人であることはあなたも知っているだろう。母さんはアゼヴェドの祖父を知っていたが、洗礼を拒んだ人だよ」

しかしテレーズは、ボルドーには、このポルトガル系のイスラエルの名前ほど古いものはないと言いはった。

「アゼヴェドの家は、わたしたちの祖先があわれな羊飼いで、沼のふちで熱に震えていた時に、すでに立派な地位を築いていたわ」

「何だって、テレーズ。議論のためだけに議論して面白がるのはやめてくれ。ユダヤ人なんて、どいつもこいつもせいぜい……それに異常のある家族さ。骨の髄まで結核に侵されている。みんなに知れわたっていることだよ」

彼女は、一本の煙草に火をつけた。その仕草が、いつもベルナールの癇に障った。

「それじゃあ、思い出してみなさいよ。あなたのお祖父さんや曾祖父さんは何で死んだの？　わたしと結婚する時にはわたしの母親がどんな病気で死んだのか、やきもきして知ろうとしたのかしら？　わたしたちの祖先に、この世界を毒するに足るほどの結核患者や梅毒患者が見いだせないとでも思っているの？」

「口が過ぎるぞ、テレーズ。これだけは言わせてもらう。冗談のつもりでも、私をやりこめようとして、家族を悪く言うことは許さんぞ」

彼は気分を害して身をのけぞらせた――居丈高になって、テレーズに滑稽に思われないようにしたかったのだ。しかし、彼女は譲らなかった。

「わたしたちの家族の、モグラのような用心深さには笑ってしまうわ！　表に出る疵はあんなに嫌うくせに、はるかに数の多い疵があっても、人に知られていなければ気にもとめないのだから。あなただって、秘密の病気という表現を使うじゃない……違うかしら？　一族にとってもっとも恐い病気は、当然のことながら、秘密なものなのではないかしら？　わたしたちの家族はそれについては考えてみもしない。汚らしいことは、それでも一致団結して、覆いかくして埋めてしまおうとするのにね。使用人がいなかったら何も知られることはないでしょうね。さいわい、使用人がいるから……」

「相手にはならないよ。あなたが話しだしたら、いちばんいいのは、終わるのを待つことだから。私が相手なら、案じるほどのことではない。あなたがふざけているのがわかるからね。だけど家では、わかっているだろうが、そうはいかん。私たちは、家族に関して、冗談など言わないのだ」

家族！　テレーズは、煙草が消えかかっても放っておいた。眼をじっと据えて、無数の生きた格子のあるこの檻を見つめた。耳と眼の張りめぐらされたこの檻で、じっとうずくまって、あごを膝にのせて、両腕で脚をかかえて、死ぬのを待つのだ。

「おいおいテレーズ、そんな顔をしないでくれ。自分の顔が見えたら……」

彼女は微笑んで、ふたたび仮面を被った。

「ふざけていたのよ……ばかね、あなたったら！」

しかしタクシーの中で、ベルナールが身を寄せてくると、手で彼を遠ざけ、押しかえした。故郷へ帰る前のあの最後の夜、ふたりは九時には横になった。テレーズは錠剤をひとつ飲みこんだが、眠りを待つ気持ちが強すぎて眠れなかった。一瞬うとうととしたが、それも、ベルナールが意味のわからないことを口ごもりながら、こちらを向くまでだった。その時、彼女は自分のそばに、この大きなほてった体を感じた。彼女はそれを押しかえした。そしてもうその火を感じないですむように、ベッドのいちばん端に身を横たえた。だが、何分かすると、彼がふたたび彼女の方へ転がってきた。まるで、精神が不在の時にも彼の中で肉体が生きつづけているかのようであり、眠りの中でさえ、ぼんやりといつもの獲物を求めているかのようだった。腕で乱暴に、それでいて彼を目覚めさせることなく、ふたたび彼を遠ざけた……ああ！　これを最後に、永久に彼を遠ざけることができたなら！　ベッドの外の闇の中へ彼を突きおとすことが。

夜のパリを通して、車のクラクションが、響きあっていた。アルジュルーズで月が照っている時の、犬や雄鶏のようだった。通りからはまったく涼気が上ってこなかった。テレーズは、ランプをつけて、枕の上に片肘をついて、自分の横にじっとしているこの男を見つめた——二十七歳になるこの男を。毛布をはねのけていた。呼吸する音さえ聞こえなかった。乱れた髪がまだ若々しいひたいや、しわのないこめかみにかかっていた。深い永遠に続くような眠りを眠っている。無防備な裸のアダムだ。妻はこの体の上に毛布を掛けて立ちあがると、読むのを中断していた手紙を一通取りだして、ランプに近づいた。

「……もし彼がわたしについてくるように言ったら、わたしは振りかえることなく、すべてを置いていくだろう。わたしたちはぎりぎりのところで、最後の愛撫の一歩手前で踏み留まっている。だけど、彼がそう望んでいるのであって、わたしが抵抗しているわけではない——むしろ抵抗しているのは彼の方で、わたしの方は、できればまだ知らない最後のところまで行ってみたいと思っている。彼はそこに近づくことだけでも、あらゆる喜びを凌駕するとわたしに繰りかえす。彼の話を聞いていると、つねにその手前に留まっていなければならないということなのだ。足を踏みいれたら、彼が言うには、ほかの人ならずるずると滑りおちていく坂道で、自分がブレーキをかけていられることが得意なのだ……」

テレーズは窓を開けて、手紙を細かく引き裂いた。石でできた深淵に屈みこむと、一台のダンプカーだけが、夜明け前のこの時刻に、石の上をがたがたと走っていた。紙片は、渦を描いて、下の階のあちこちのバルコニーに落ちた。この若い女性が吸いこむ植物の匂いは、どの田舎からこのアスファルトの砂漠まで運ばれてきたのか？ ぐちゃぐちゃになった自分の体が車道の上に作る染みを想像した——そしてその周囲に、警官や通行人たちの渦を……テレーズ、死のうとするには、想像力がありすぎるよ。本当のところ、死ぬことなど望んでいなかった。緊急の仕事が自分を呼んでいる。復讐でも憎しみでもない。そうではなくて、あそこに、サン＝クレールにいるあの小さなおばかさんが、幸福になれると信じているけれど、あの子が、テレーズと同じように、幸福が存在しないことを知らなければならないのだ。ふたりにはほかには何も共通するものがないとしても、次のことだけは共有するのだ。退屈なこと、高尚な使命など、高級な義務などまったく存在しないこと、日々の低劣な習慣よりほかには何も期待できないこと——慰めもなく孤立していることだ。夜明けが屋根を照らしていた。彼女はじっと動かない男のいるベッドに戻った。しかし、そばに横になったかと思うと、もう彼が近づいてくるのだった。

眼を覚ますと彼女は明晰で分別を取りもどしていた。何をあんなに難しく考えていたのか？ 家族が自分に助けを求めているのだ。家族が要求することに従って行動するのだ。そうすれば、確実に道を踏みはずすことなどない。もしアンヌがドギレムとの結婚を逃したら災難だと、ベルナールが繰りかえした時に、テレーズは彼の言い分を認めた。ドギレムの家は、自分たちと同じ世界の出身ではない。祖父は羊飼いだった……それでも、彼らはこの地方でもっとも立派な松林を持っている。それに対してアンヌの方は、けっきょくのところ、それほど裕福ではない。父方からは、ランゴンのそばの沼沢地だったブドウ畑以外には何も期待できない――二年に一度は水浸しになるところだ。どんなことをしてでもアンヌがドギレムとの結婚を逃してはならない。部屋の中のココアの匂いが、テレーズに吐き気を催させた。この軽い気分の悪さが、ほかの兆候と合致した。もう妊娠したのだ。「すぐにできた方がいいよ。そのあとはもうそのことを考えなくていいだろうから」とベルナールが言った。そして、無数の松の木々のただひとりの所有者を胎内に宿した女性を、うやうやしく見つめるのだった。

# 第五章

もうすぐサン＝クレールだ！　サン＝クレール……テレーズは、自分の考えがたどってきた道のりを眼で測ってみる。ベルナールがここまで自分についてきてくれるだろうか？　この曲がりくねった道をこんなにゆっくりとした足取りで歩むことに彼が同意してくれるとはとても思えない。それでいて、本当に大事なことは何も言われていないのだ。「わたしが彼と一緒に、今わたしのいる隘路に到達した時にも、まだそこからすべてを発見しなければならないのだ」。彼女は自分自身の抱える謎の上に屈みこみ、結婚したばかりの若いブルジョワ女性だった自分に問いただす。サン＝クレールに戻った時には、みなに賢い女性だと誉めそやされたものだった。彼女は、義理の両親のひんやりとした暗い家で過ごした最初の何週間かを心に蘇らせる。大きな広場に面した鎧戸はつねに締めきられている。だが、左手にある柵のひとつからヘリオトロープやゼラニウム、ペチュニアで炎上した庭が人の眼にさらされている。一階の暗い小さな客間の奥で息をひそめているラ・トラーヴ夫妻と、庭をうろついているアンヌとの間を、テレーズは行ったり来たりした。アンヌは庭から出ることを禁じられていた。テレーズが心を許せる友であり、共犯者だった。ラ・トラーヴ夫妻に彼女が言った。「いいところを見せて、少しお譲りになってはいかがですか。何も決めないうちに、旅行をしようと提案なさってください。その点に関しては彼女に言うことを聞かせますから。お留守の間に、わたしが何とかしましょう」。どうするというのか？ ラ・トラーヴ夫妻には、彼女が若いアゼヴェドと会うつもりなのだと何となくわかった。「お義母さま、直接的な攻撃からは、何も期待できませんよ」。ラ・トラーヴ夫人の言うとおりだとすると、まだ何も露見してはいなかった。ありがたいことだ。郵便局のモノ嬢だけが、事情を知っている。彼女がアンヌの手紙を何通も差し止めてくれたのだ。「あの女性ときたら、墓石ね。それに彼女なら私たちの言うことをきくし……しゃべったりしないわ」

「できるだけあの子を苦しめないようにしよう」とエクトール・ド・ラ・トラーヴ[16]が繰りかえした。しかし、かつてはどんなばかげたアンヌの気まぐれにも譲歩していた彼も、「卵を割らないでオムレツを作ることはできない」と言ったり、さらには「いつか私たちに感謝してくれるさ」と言ったりして、妻の言うことを認めるしかなかった。そのとおりだけど、その前に病気になってしまわないだろうか？ 夫妻が口をつぐんだ。視線が定まっていなかった。おそらく、頭の中で、日の照りつけるところで消耗していく自分たちの娘のあとを追っていた。どんな食べ物も受けつけないのだ。彼女は、花も眼に入らずに踏みつぶしながら、雌鹿のような足取りで柵にそって歩き、出口を探している……ラ・トラーヴ夫人がかぶりを振った。「それにしたって、娘のかわりに肉を煮た汁を飲んであげるわけにもいかないでしょ？ 庭の果実をお腹に詰めこんでいるんだわ。食事の間、

16 テレーズの義理の父親はほかの箇所では「ヴィクトール」と表記されているが、この章でだけ「エクトール」となっている。プレイヤッド版の註によると、草稿のモーリヤックの筆跡が判断しにくいものになっているらしい。

お皿に何も取らないでいられるように」。そして、エクトール・ド・ラ・トラーヴが言う。「私たちが認めてしまったら、あとから恨まれるだろうさ。彼女の産む子供たちが、不幸になるという理由だけでも……」妻は彼が言いわけを探している様子なのが不満だった。「さいわい、ドギレム家の人たちはまだ帰ってきていない。あの人たちが、ひどくこの結婚にご執心なのは、運がいいわね」。ふたりは、テレーズが部屋を出ていくのを待って、首をかしげた。「いったい修道院で何を吹きこまれたのかしら？ ここには、良いお手本しかなかったのに。あの子の読むものには眼を光らせていたし。若い女の子の頭をおかしくする最悪のものは、『良書選集』の恋愛小説だと、テレーズは言っているけど……あの人は逆説ばかり弄しているからね！ それにアンヌは、ありがたいことに、夢中で本を読むというわけでもないし。その点では、わたしは一度も文句を言ったことなどないわ。このことに関しては、あの子は完全にこの家族の女性だわ。けっきょくのところ、よそへ連れだすことさえできれば……あの厄介な気管支炎のあとで、サリに行くと、どんなにあの子の具合が良くなったか覚えているかしら？ 彼女の行きたがるところに行くのよ。わたしに言えるのはそれくらいだわ。まったく、本当に手を焼かせる子だこと」。ラ・トラーヴ氏は、小さくため息をついた。「ああ、私たちと旅行するのか」……少し耳の遠い妻が「何て言ったの？」と聞きかえしたので、「何でもない！ 何でもない！」と彼は答えた。自分がうまく入りこんだこの裕福な家庭の奥底から、この年老いた男は、突如、どんな愛の旅行を、恋する若い時のどんな祝福された時間を思い出しているのか？

テレーズは、庭で、去年のワンピースがすっかりだぶだぶになってしまった若い娘のところへ戻った。「それで?」とアンヌは女友だちが近づいてくるなり叫んだ。並木道の灰のようになった土や、乾燥してかさかさ音を立てる草地、焼けたゼラニウムの匂い、そして、あの八月の午後に、どの植物よりもしおれたあの若い娘など、テレーズの心に浮かんでこないものは何もない。雷をともなうにわか雨のせいで、温室に避難しなければならないことも何度かあった。雹の粒が、窓ガラスに当たる音が響いた。

「どうしてよそへ行くのが嫌なの? どうせ彼には会えないんだから」

「会えないけれど、十キロ離れたところで彼が呼吸していることがわかるの。東風が吹くと、彼も同じ時に鐘の音を聞いていることがわかるの。あなたにとっては、ベルナールがアルジュルーズにいてもパリにいても同じことなの? ジャンに会えないけれど、彼が遠くにいないことがわかるのよ。日曜日のミサでは、振りむこうとも思わない。だってわたしたちの席からは、祭壇しか見えないし、柱のせいで、参列している人たちからは切り離されているから。だけど、出口では……」

「日曜日に彼はミサにいなかったの?」

テレーズはそのことを知っていた。アンヌが、母親に引きずられながら、人ごみの中に姿の見えない人の顔を探したが、見つからなかったのだ。

「たぶん、病気だったんだわ……彼の手紙が押さえられているから、あたしには何もわからないけれど」

「それにしたって、一言くらいどうにかして書いてこれそうなものなのに、変ね」

「テレーズ、もしよかったら、あなたが……そうね、あなたが微妙な立場にいることはよくわかるけど……」

「この旅行に行くことにしなさいよ。そうしたら、あなたがいない間にたぶん……」

「彼から遠ざかることなんてできないわ」

「どうせあの人は行ってしまうのよ。何週間かしたら、アルジュルーズからいなくなるのよ」

「ああ！　それを言わないで。そう考えるとたまらないわ。一言書いてくれたら、生きていく支えになるのに、それもない。もうそれで死にそうだわ。いちばん嬉しかった彼の言葉を、絶えず思いかえしていなければならないの。だけど自分にそれを言いきかせすぎて、本当にそう言ったのが彼なのかもうあまり自信が持てない。そうね、最後に会った時の言葉は、まだ耳に残っているわ。『僕の人生には、あなたのほかには誰もいない……』彼はそう言ったのよ。もしかしたらこうだったかもしれない。『あなたは、僕の人生における、いちばん大切なものだ……』正確に思い出せないけれど」

眉をひそめて、慰めとなる言葉の響きを探し求め、彼女はその意味を果てしなく拡大した。

「けっきょく、どんな人なの、その青年は？」

「あなたには想像もできないわ」

「そんなにほかの人には似ていないの？」

「彼のことを描きだしてあげたいけれど……でも、あたしに言えそうなことを、はるかに超えているから……けっきょく、あなたはたぶん、ごくあたりまえの人だと思うかもしれない……でも絶対にそうではないのよ」

あの若い男の中に、アンヌはもう何も特別なことを識別できなかった。彼に対して抱いている愛情が大きすぎて、眼がくらんでしまったのだ。「わたしなら」とテレーズは考えていた。「恋愛のおかげで、いっそう明晰になるだろう。わたしが欲する男のことなら何も見おとしたりはしないだろう」

「テレーズ、もし観念してこの旅行を受け入れたら、彼に会って、彼の言葉をあたしに伝えてくれるかしら？　あたしの手紙を彼に渡してくれるかしら？　もしあたしが出発すれば、もし出発する勇気が出たら……」

テレーズは光に溢れる場所を離れ、義理の両親が暑さの収まることや、娘の降参することを待っている書斎に、ふたたび暗い色のスズメバチのように入っていった。何度も何度も行ったり来たりしてから、ようやくアンヌは出発する決心をした。おそらく、ドギレム家の人たちの帰りが差しせまっていなかったら、テレーズが説得に成功することは決してなかったことだろう。アンヌは、この新たな危機を前にして震えていた。あれほど裕福な男にしては、「あのドギレムは、悪くない」と、テレーズは彼女に繰りかえした。

「だけど、テレーズ、ちらっと見ただけだけど、鼻めがねをかけていて、禿げているし、年寄りだわ」

「二十九歳よ……」

「そういうこと、年寄りなのよ――それに、年寄りであろうとなかろうと……」

夕食の席で、ラ・トラーヴ夫妻はビアリッツの話をして、ホテルの心配をした。テレーズはアンヌを観察していた。体に動きがなく、抜け殻のようだった。「少しがんばりなさい……がんばるものよ」とラ・トラーヴ夫人が繰りかえした。自動機械のような動作で、アンヌはスプーンを口の近くに運んでいた。眼にはまったく光がなかった。ここにいないあの男を除くと、彼女には、何も誰も存在していなかったのだ。時おり、ヒースの小屋でジャン・アゼヴェドが手に力を入れすぎて、彼女のブラウスを少し引き裂いた時に耳にした言葉や受けた愛撫を思い出して、彼女の唇に微笑が浮かんだ。テレーズは、皿の上に屈みこんだベルナールの上半身を眺めた。彼が逆光となる位置に座っていたので、顔は見えなかったが、あの聖なる食物をゆっくりと咀嚼し、反芻する音が聞こえてきた。彼女はテーブルを離れた。義理の母親が言った。「あの人は、気がつかれたくないのね。いたわってあげたいのだけど、気を遣われるのを嫌がるわ。彼女の具合を見たところでは、つわりは、いちばん軽い方だわ。でも彼女が何と言おうと、煙草は吸いすぎね」。そして、この婦人は自分が妊娠していた時の思い出を引き合いに出した。「あなたがお腹にいた時にはゴムボールを嗅がずにはいられなかったのを覚えているわ。胃をもとの場所に戻すにはそうしているしかなかったのよ」

「テレーズ、どこにいるの?」

「ここよ、ベンチよ」

「ああ! そうね。煙草が見えるわ」

アンヌは腰を降ろして、じっと動かない肩に頭をもたせかけ、空を見て言った。「あの人も、この満天の星を仰いでいる。お告げの鐘を聞いているのよ……」彼女はさらに言った。「キスして、テレーズ」。しかしテレーズはこの信頼しきった顔の方へ身を屈めなかった。ただ、こう聞いた。

「苦しんでいるの？」

「いいえ、今晩は苦しくないわ。あたしには、どんなことをしてでも、自分が彼のところに行くのだとわかったから。今は落ちついている。大事なことは、彼がそれをわかってくれていることだわ。そしてあなたを通じてわかることになる。この旅行をする決心がついたわ。だけど、帰ってきたら、城壁だって通りぬけるつもりよ。遅かれ早かれ、私は彼の胸に飛びこむのよ。それは、自分が生きていることと同じくらい確実なことだわ。いいえ、テレーズ、だめよ。あなただけはお説教なんかしないで。家族のことなんか話さないで……」

「家族のことを考えているわけではないの。彼のことよ。そんなふうに、ひとりの男の生活に押しいったりはしないものよ。彼にも、家族や利害や仕事があるわ、たぶん付きあっている人だって……」

「いいえ、彼はあたしに言ったわ。『僕の人生にはあなたしかいない……』別の時にはこうも言った。『僕たちの愛が、今現在、僕の大切にしているただひとつのものだ』」

「『今現在』？」

「何だって言うの？　彼が今この瞬間についてだけ話していたと思うの？」

テレーズには、もう苦しんでいるのかと彼女に尋ねる必要がなかった。暗い中で、彼女の苦しむ気配が耳に伝わってきた。しかしどんなあわれみも感じない。どうしてあわれみなど感じることがあろうか？ 心によって緊密に結ばれたあるひとりの人をさし示すひとつの名字、ひとつのファーストネームを繰りかえすことはどんなにか甘美なことだろうか！ その人が生きている、呼吸をして、晩には腕枕をして眠りこみ、明け方には眼を覚まし、その人の若い体が靄を動かしていくと考えるだけで……

「泣いているの、テレーズ？ あたしのせいで泣いているの？ あたしを愛しているのね、あなたは」

この娘は膝をついて、テレーズの横腹に頭を押しつけていた。そして突然、体を起こした。

「あたしのひたいの下で、何かが動くのが感じられたわ……」

「そうよ、何日か前から動くのよ」

「赤ちゃん？」

「そうよ、もう生きているのよ」

昔、ニザン街道や、アルジュルーズ街道でそうしたように、互いの体に腕を回して、ふたりは家の方へ戻った。この身動きする重荷が恐かったことをテレーズは覚えている。どれだけの情念が、自分の存在のもっとも深いところで、まだ形を成さないこの肉体に入りこんでいることか！ あの晩、寝室の開いた窓の前に座っている自分の姿がふたたび彼女の眼に浮かぶ（ベルナールが庭から彼女に叫んでいた。「蚊が入るから明かりはつけないでくれ」）。彼女はこの子供が生まれるまであと何か月あるか計算した。まだ自分の母胎と一体になっているこの見知らぬ存在が決して姿を現わさないようにしてくれる神がいるなら、お近づきになりたいものだった。

# 第六章

奇妙なのは、アンヌとラ・トラーヴ夫妻の出発に続く日々が、テレーズには麻痺状態にあった時期としてしか思い出せないことだ。アルジュルーズで、あのアゼヴェドに働きかけて手を引かせるための糸口を見いだすことになっていたのだが、休息することや眠ることしか考えなかった。ベルナールが、自分の家ではなくて、そこよりも快適で、クララ伯母のおかげで彼らが煩雑な家事をいっさいしなくてすむテレーズの家に住むことに同意してくれた。テレーズにとって、ほかの人たちなど重要だったろうか？ 自分たちだけでやってくれればよい。お産が終わるまでは、ただこうしてぼうっとしていられればよかった。ベルナールは、ジャン・アゼヴェドに接近するという彼女の約束を毎朝思い出させて、彼女をいらいらさせた。しかし、テレーズは、取りあわなかった。以前ほど容易に夫に耐えることができなくなっていた。妊娠の具合が、ベルナールがそう信じていたように、この機嫌の悪さと無関係ではなかったのかもしれない。彼自身も、三十歳以前に表われることは珍しいのだが、彼の種族の人たちに頻繁にみられる強迫観念の最初の発作に襲われていた。頑健な体つきのあの男が、死に対するあんな恐怖に捕われたことに、最初は驚かされた。しかし、「あなたには、私の感じていることがわからないのだ……」と言いかえされては、何と答えればよいのか？ することもないのに栄養の良すぎる、あの大食漢の男たちの体は、ひたすら力に溢れた外観を呈している。肥沃な土壌の畑に植えられた一本の松は、そのおかげで急速に成長するが、とても早い時期に木の中心が腐って、力の漲っている時に、切り倒さなければならないものだ。「気にするからだ」とみながベルナールに繰りかえした。しかし、彼は金属にじかに入ったその傷を——このひびをありありと感じていた。それに、想像もできなかったことだが、彼はもう食べようとしなかった。もはやお腹が空かないのだった。「どうして診てもらわないの？」彼は肩をそびやかして、無頓着を装った。本当は、たぶん、不確かな方が、死を宣告されるよりも恐ろしくないように思われたのだ。夜、あえぎ声のせいで、テレーズがはっと眼を覚ますこともあった。ベルナールの手が彼女の手を取って、不整脈をわかってもらうために、左の胸に押しあてた。彼女はろうそくをともして、起きあがると、コップ一杯の水に吉草酸塩を注いだ。この混合液が体にいいなんて、本当に偶然だ！ と彼女は考えた。どうして、死を招かないのか？ 永遠に続くのでなければ、本当の意味で鎮めてくれることにも、眠らせてくれることにもならないのだ。泣き言を並べるこの男は、いったいどうして永久に自分に安らぎを与えてくれるものを、こんなにも恐れているのか？ 彼が先に眠りこんだ。いびきが時おり苦悶に変わるこの大きな体のかたわらで、眠りにつくことなど期待できようか？ ありがたいことに、もうにじり寄ってはこない——愛の営みがあらゆる運動の中で、もっとも自分の心臓に悪い気がしたからだ。夜明けの雄鶏たちが、小作農家を目覚めさせていく。サン＝クレールのお告げの鐘が、東風にのって響いてきた。テレーズの眼がようやく閉じかけた。するとふたたびこの男の体が動いた。彼は、すばやく農民の服に着がえた（冷たい水にさっと顔を浸すのだった)。食品戸棚の残り物に眼がないので、犬のように台所に駆けこんで、骨付き肉や、一切れの冷たい油漬けの肉や、あるいはまた一房の葡萄とニンニクを塗ったパンの残りで簡単に朝食を取った。一日のうちで、それだけが良い食事だった! 肉のかけらをいくつかフランボーとディアンヌに投げ与えると、二匹の犬は顎で噛み砕いた。霧には秋の匂いがあった。ベルナールがもう苦しみを忘れて、自分の中にふたたび絶大な若さを感じる時刻だった。まもなくモリバトの群れが姿を現わすだろう。おとりの準備をして、眼をくりぬかなければならない。十一時に戻ると、テレーズがまだ寝ているのがわかった。

「まったく! それでアゼヴェドの息子は? わかっているだろ? 母さんがビアリッツで、局留めの知らせを待っているんだぞ」

「それで、あなたの心臓は?」

「心臓の話はしないでくれ。あなたがその話をするだけで、また意識してしまうんだ。もちろん、それなら、気のせいだということになるんだが……あなたも気のせいだと思うのか?」

彼女は決して彼が望んでいる返答を与えなかった。

「他人にわかるわけないわ。あなたの感じていることはあなたにしかわからないのよ。あなたのお父さんが狭心症で亡くなったからといって……特にあなたの年齢ではね……もちろん、心臓はデスケルー家の弱点ではあるけれど。死を恐がるなんて、ベルナール、あなたも本当に変わっているわね! わたしのように、自分が無用な存在だと深く感じたことは、一度もないのかしら? ないの? わたしたちの種類の人間の生活が、すでに恐ろしく死に似ているとは思わないの?」

彼は肩をそびやかした。得意の逆説でやりこめようとしているのだ。機知をひけらかすことなど難しいことではない。すべてにおいて、道理にかなったことをひっくり返すだけでよいのだ。しかし、こちらに対して濫用するのは間違っている、と彼は付け加えた。アゼヴェドの息子と話す時のために取っておけばよいのだ。

「十月半ば頃にはヴィルメジャからいなくなることは知っているだろ?」

サン=クレールのひとつ手前の駅、ヴィランドロで、テレーズは考える。「あの青年が好きになったわけではないのだと、どうしたらベルナールに納得してもらえるだろうか? 彼は、わたしがあの男に惚れたのだと思うに決まっている。恋愛とはまったく縁のない人たちがみなそうであるように、わたしが咎められているような罪は、痴情沙汰でしかありえないと思いこんでいるのだ」。あの時期には、しばしば彼のことがうっとうしく思われたとはいえ、まったく憎んでなどはいなかったことをベルナールにわかってもらわなければならないだろう。ほかの男が何か救いをもたらしてくれるとは思えなかった。ベルナールは、よく考えてみれば、それほど悪くはなかった。実人生で決して出会うことのないような傑出した人物たちが小説の中で描かれることが、自分には嫌でしかたなかったのだ。

彼女の知っていると思うただひとりの優れた男性は、自分の父親だった。様々な顔を持つ、頑固で疑い深いこの急進派の男に、彼女はいくばくかの威光を与えようとしてみた。地主であり実業家だった(Bの製材工場のほかに、サン=クレールの工場では、自分の松脂と多くの親戚たちの松脂を、自分自身で加工していた)。何よりも政治家であったが、横柄な振る舞いで損をしていた。しかし、県庁では発言力があった。そして、いかに女性を見くだしていたことか! みんなが頭がいいとほめそやしていた時期のテレーズさえも。あの事があってからは、「女性はみな、ばかでなければヒステリーだ!」と弁護士に繰りかえしていた。この反教権主義者は、生来、羞恥心が強かった。時おりベランジェ[17]のリフレーンを口ずさんでいたにもかかわらず、彼の前である種の話題に触れる人がいると、がまんできずに、青年のように、顔を紅潮させるのだった。ベルナールは、ラ・トラーヴ氏から、ラロック氏が童貞のまま結婚したと聞かされていた。「奥さんを亡くしてから、男連中がよく私に、あの人には浮いた噂ひとつなかったと繰りかえしたものだ。見あげたものだな、あなたのお義父さんは!」たしかに、見あげたものだった。しかし、遠くにいる時こそ父親に美化されたイメージを抱いていたが、眼の前にいると、テレーズにはたちまちその低劣さが測られてしまうのだった。彼はサン=クレールにはほとんど来なかった。アルジュルーズに来る方が多かった。ラ・トラーヴ家の人たちに会うのを嫌がっていたのだ。彼らがいる時には、政治について話すのが御法度だったにもかかわらず、ポタージュの時から、ばかげた議論が始まって、すぐに険悪な雰囲気になった。テレーズは恥ずかしいことだと思って口をはさまなかった。自分が口を開かないことを誇りにしていたが、宗教が問題になった時は別だった。そうなれば、彼女は大急ぎでラロック氏の援護に回った。みなが口々に叫び、クララ伯母までもが、会話の断片を耳にして論争に

17 ピエール=ジャン・ド・ベランジェ(一七八〇―一八五七)は、詩人、シャンソン作家。好色な歌も書いていた。

身を投じ、耳の不自由な人のぞっとするような声で、「修道院で何が行われているか知っている」年老いた急進派の女性の思いのたけをここぞとばかりにぶちまけた。けっきょくのところ（とテレーズは考えた）、ラ・トラーヴ家の誰よりも信仰がありながら、耳が不自由で醜く、愛されることも誰かのものになることも一度もなく自分が死んでいくことを許した「無限の存在」に対して、伯母は公然と戦いを挑んでいたのだ。ラ・トラーヴ夫人が席を立った日から、みなで申し合わせて宗教上の話題は回避した。それに、政治に関しても、あの人たちは我を忘れたが、右派であろうと左派であろうと、次の本質的な原則では意見が一致していた。土地がこの世の唯一の財産であり、土地を所有すること以上に生きるに値することはないということだ。しかし、延焼を防ぐために、一部を犠牲にすべきなのか否か？　やむを得ずそうするなら、どの程度にか？「土地を所有する血が流れている」テレーズは、シニカルにこの問題が提起されてほしいものだと思っていたが、ラロック家とラ・トラーヴ家の人たちが、共通の熱情を隠蔽する見せかけは憎んでいた。父親が、「民主主義への揺るがぬ献身」を高らかに宣言する時、彼女は父をさえぎった。「それには及ばないわ。私たちだけなんだから」。彼女は、政治における崇高さには吐き気を催すと言っていた。階級闘争の悲劇は、もっとも貧しい者でさえ土地を所有していて、それを増やすことしか願わない地方にいる彼女には思いもよらないことだった。ここでは土地や狩猟、食べること飲むことという共通の嗜好が、ブルジョワ、農民を問わず、みなの間に緊密な同胞意識を作りだしている。しかし、ベルナールはそれに加えて教育を受けていた。広い世界を知っているという評判だった。テレーズ自身も、彼が話のできる人であることを喜んでいた。「要するに、自分の生まれた環境をはるかに超えていた……」そんなふうに、彼女は、ジャン・アゼヴェドと出会う日までは、彼のことを判断していたのだ。

夜の涼気が午前中ずっと残っている時期だった。そしておやつの時間が済むと、日差しがどんなに暑くても、遠くから靄が少しかかって、夕暮れを告げる。最初のモリバトの群れがやってきたので、ベルナールは夜になるまで、ほとんど帰ってこなかった。しかしながらあの日は、寝苦しい夜を過ごしたあとで、起きるとすぐに、診察してもらうためにボルドーに出かけていった。

「わたしはあの時、何も望んではいなかった」とテレーズは考える。「一時間、街道を歩いた。妊娠した女性は少し歩かなければならないからだ。森は避けた。そこに行くと、モリバト猟の小屋があるので、しじゅう立ち止まって口笛を吹き、狩人が、叫び声で、歩きだしてよいと合図してくれるのを待たなければならないのだ。しかし時おり、長い口笛の音がこちらの合図に応えることがある。カシの木々にモリバトの群れが降りてきたので、おびえさせないために、身を潜めていなければならないのだ。それからわたしは帰った。客間や台所の火の前でうとうとした。すべての世話をクララ伯母がしてくれた。神がしもべに眼を留めぬように、いつも鼻にかかった声で台所や小作地の話をするあの年老いた女性に、わたしは注意を払わなかった。彼女が話しつづけた。聞く努力をしないですむように話すのだ。ほとんどいつも、明晰な眼で彼女が献身的に世話をして、気を配っていた小作農たちに関する不吉な逸話だった。老人たちは飢え死にするほどに切りつめられて死ぬまで働かなければならない。身体の不自由な人は放りだされ、女性たちは精魂尽きはてる労役の奴隷となる。彼らのどんなに残忍な言葉であっても、クララ伯母は素朴な方言で、うきうきすることでであるかのように引用するのだった。本当のところ、彼女はわたしのことしか愛していなかった。わたしの方は、彼女が跪いて、靴ひもをほどいて、ストッキングを脱がせ、彼女の老いた両手でわたしの両足を暖めてくれる姿に、眼を向けることさえしなかった。

「バリヨンが、次の日にサン＝クレールに行く時には、用がないかと聞きに来た。クララ伯母は買い物のリストを作り、アルジュルーズの病人たちのための処方箋をまとめた。『最初に薬局に行っておくれ。ダルケーが日中に薬を準備する時間は限られているだろうからね……』

「最初にジャンに会ったのは……状況をひとつひとつ思い出さなければ。わたしは、最近までアンヌと並んでおやつを食べた、もう使われていないあのモリバト猟の小屋に行くことにした。その後、そこで彼女が好んでアゼヴェドと会っていたことも知っていた。いいや、わたしの頭の中には、思い出の場所を訪ねるという意識はなかった。そうではなくて、そちらの方の松の木々が、モリバトを待ちぶせするには、あまりに大きくなりすぎていたからだ。狩人たちの邪魔をする危険は冒したくなかったのだ。あのモリバト猟の小屋は、周囲の森が地平線を隠していたので、もう使えなくなっていた。梢と梢の間隔に、見張りの狩人がモリバトの飛翔の到来を見るだけの空の広い通路が、もう残っていなかったのだ。さあ、思い出して。十月の太陽がまだ焼けつくようだった。わたしは苦労して砂の道を歩いた。ハエにまとわりつかれていた。なんてお腹が重かったことか！　あのモリバト猟の小屋の腐ったベンチに座りたくてしかたがなかった。ドアを開けた時に、ひとりの若い男が、帽子も被らずに出てきた。一目見て、ジャン・アゼヴェドだとわかった。とっさに、逢い引きの邪魔をしたのだと想像した。それほど、彼が取り乱した顔をしていたのだ。立ちさろうとしたが、だめだった。奇妙なことに、彼はわたしを引きとめることしか考えなかった。『とんでもない、入ってください、奥さん。誓って申しあげますが、邪魔だなんてことはまったくありません』

「小屋に誰もいないことに驚きながら、彼がどうしてもと言うので小屋に入った。羊飼いの娘は、たぶん別の出口から逃げだしたのか？　しかし、枝の鳴る音はまったくしなかった。彼にもわたしが誰だかわかり、まずアンヌ・ド・ラ・トラーヴの名が口をついてでた。わたしは座っていた。彼の方は、写真の中でのように立っていた。薄地の絹のシャツを通して、わたしは自分がピンを突きさした場所を見ていた。どんな恋情とも無縁な好奇心だった。彼は美男子だったか？　整ったひい――彼の人種特有のビロードのような眼――ふっくらしすぎた両頰。それから、この年頃の男たちでわたしの大嫌いな、吹き出物。血が動いているしるしだ。膿んでいるものがすべて嫌いだった。特に、握手をする前に、彼がハンカチで拭うあの湿った手のひら。しかし、彼の美しい視線は燃えるようだった。いつも少し開いていて、とがった歯をのぞかせているあの大きな口が好きだった。暑がっている若い犬の口だ。それでは、わたしの方はどんな様子だったか？　すっかり家族の一員だったことを覚えている。さっそく、高飛車に出て、もったいぶった口調で、『名誉ある家庭の内部に混乱と分裂をもたらす』と言って彼を咎めた。ああ、思い出すのよ、彼がびっくり仰天したのが演技ではなかったこと、若々しい笑い声を上げたことを。『それでは、僕があの子との結婚を望んでいると思っているのですか？　僕が、そんな身のほど知らずだとお思いですか？』わたしには一目で、恋愛感情に捕われたアンヌとこの無関心な青年との間に深い溝のあることがわかって、ひどく驚いた。彼は熱っぽく自分を弁護した。たしかに、どうしたらすてきな女の子の魅力に、屈せずにいられれようか？ 遊びで付きあうことが禁じられているわけでもない。まさに、ふたりの間では結婚することが問題にさえなりえないのだから、遊びで付きあうことも害のないことだと思われたのだ。アンヌと同じ心積もりである振りはしたかもしれない……上から見おろすようにわたしが彼をさえぎると、彼はやっきになって、アンヌに聞いてもらえれば、彼が一線を越えなかったことがわかってもらえるはずだと言葉を継いだ。そのほかの点では、ラ・トラーヴのお嬢さんに、本物の恋愛の幸福な時間を授けてあげたという自信がある。彼女が陰うつな人生の間に経験するのは、おそらくそれだけなのだ。『奥さんは、彼女が苦しい思いをしているとおっしゃいますが、彼女の人生に、この苦しみ以上に良いことが何か期待できると思いますか？ 奥さんの評判は存じあげています。奥さんにならこうしたことも話すことができるし、ここの人たちの同類ではないということも知っています。サン＝クレールの古い家という船に乗って、もっとも陰うつな航海に乗りだす前に、感情や夢想の蓄えをアンヌに与えてあげたのです——彼女をたぶん絶望から、ともかくもぼうっとしてしまうことからは救ってくれるのに十分なはずです』。このあまりに自分を買いかぶった気どった態度にいらいらしたかどうか、そうした態度を感じていたかどうかさえ、もう覚えていない。じつのところ、彼があまりに早口だったので、最初はついていけなかったのだ。だけどしばらくするとわたしの頭もこの饒舌さに慣れた。『この僕が、こんな結婚を望み、ここの砂の中に錨を降ろしたり、あるいはパリで小娘をひとりしょいこんだりすることができるとお思いですか？　たしかにアンヌに関しては愛らしいイメージを抱きつづけることでしょう。奥さんが不意に入ってきた時にも、ちょうど彼女のことを考えていました……だけど、奥さん、どうしたら身を固めることなんかできるでしょう？　一瞬一瞬が喜びをもたらすべきなのです——それ以前に経験したどの喜びとも違う喜びを』

「この若い動物の貪欲さとこうした知性とが、ひとりの人間の中にあることが、あまりに奇妙に思われたので、わたしは彼の言うことをさえぎらずに聞いていた。そうだ、どう考えてみても、わたしは聞きほれていたのだ。何とまあ安あがりなことか！　だけど、そうだった。遠くから羊の群れが近づいてくることを告げるあの足を踏み鳴らす音、あの鐘の音、羊飼いたちのあの粗野な叫び声を覚えている。ふたりでこの小屋にいることが変に思われるかもしれないと、わたしはあの青年に言った。羊の群れが通り過ぎるまで音をたてない方が良いと答えてもらいたかったのだ。示しあわせて、黙って並んでいることがわたしには嬉しかったことだろう（すでに、わたしもまた、要求の多い人間になり、一瞬一瞬が、生きるに足るものをもたらしてくれることを望んでいた）。しかし、ジャン・アゼヴェドは、言いかえすこともなくモリバト猟の小屋のドアを開けて、格式ばった挨拶をしてわたしを先に通した。わたしが支障を見いださないことを確かめてから、ようやく彼はアルジュルーズまでわたしについてきた。わたしにはこの帰り道があっという間だったように感じられた。それでも、わたしの連れには、おびただしい数のテーマに言及する時間があったのだ！彼にかかると、少し知っているつもりでいたテーマが不思議なくらい新鮮になった。たとえば宗教の問題について、ふだん家族の中で言っていたことを繰りかえしかけると、彼がわたしをさえぎった。『おそらくそういうことはあります……でも、それは、もっと複雑なんです……』じっさい、彼が議論に光を当てると、わたしはそれが見事だと思った……はたして、そんなに見事なものだったのか?……今だったらそんなごった煮は、吐きだしてしまうに決まっている。神を探索し、追跡すること以外に重要なことは何もないと長い間信じていた、と彼は言った。『船に乗って、航海に出ること。見つけたと信じこんで一箇所に留まり、避難所を建ててそこに眠る人たちからは、死から逃れるように逃れること。長い間僕はそうした人たちを軽蔑してきました……』

「彼は、ルネ・バザンの『フーコー神父の生涯』[18]を読んだことがあるかとわたしに尋ねた。そしてわたしが笑ってみせると、この本が彼の考え方を一変させたのだときっぱりと言った。『深い意味で危険な生き方をすること』と彼は付け加えた。『それはたぶん、神を探すことよりもむしろ、神を見つけ、それを見いだしてからは、その軌道に留まることなのです』。彼は、『神秘主義者たちの偉大な冒険』を描きだし、体が弱くて、それを試みることができないことを嘆いた。『それでも、どんなに記憶をさかのぼってみても、無垢だった記憶がないのです』。あれほどの羞恥心の欠如、簡単に胸の内を明かすことが、わたしたちのところで、ひとりひとりが自分の内面生活について守っている、田舎者の口の堅さや沈黙に慣れたわたしには、何と新鮮だったことか! サン゠クレールのうわさ話は、表面をなぞるだけだ。心の内は決して表に出ない。よく考えてみれば、わたしはベルナールについて何を知っているというのか? 彼のことを思いえがかなければならない時には、戯画化して悦に入っているが、それをはるかに超えたものが、彼の中にあるのではないか? ジャンが話し、わたしは黙っていた。わたしの口には、家族で議論する時にいつも口にしていた文句以外には何も上ってこなかった。この地方では、馬車が『轍の幅に合うように作られている』のと同じように、つまり、車輪の間隔が二輪馬車の轍にきっちり合うように作られているのと同じように、わたしの思考はすべて、あの日まで、父や義理の両親の『轍の幅に合うように作られて』いたのだ。ジャン・アゼヴェドは帽子を被らずに歩いた。シャツからのぞいていた子供っぽい胸や、がっちりしすぎた首がまた眼に浮かんでくる。肉体的な魅力を感じたことがあっただろうか？あぁ！そんなことはなかった！そうではなくて、彼は、わたしが出会った、精神生活を何よりも大切にする最初の男だったのだ。彼のパリの先生たちや、友人たちの言葉や本を絶えず引き合いに出すので、彼が例外的な現象だとは考えられなかった。自分が数多いエリートたち、『実在する人たち』の一員なのだ、と言っていた。いろいろな名前を引用したが、わたしがその人たちを知らないかもしれないとは思ってもみないのだった。わたしも初めて耳にしたのではない振りをしていた。

「道の曲がっているところでアルジュルーズの畑が姿を現わした時、『もう着いたのね！』とわたしは声を上げた。ライ麦の収穫の終わったこの痩せた土地の地面すれすれのところに、草を焼く煙がたなびいていた。土手のとぎれたところから、羊の群れが汚れた牛乳のように流れだし、砂を食んでいるように見えた。ヴィルメジャに行くために、ジャンは畑を横ぎらなければならなかった。『送っていきます。こうした問題がどれも、気にかかってなりませんから』とわたしは彼に言った。しかし、わたしたちにはもう何も言うことが見つけられなかった。ライ麦の切り株のせいで、サン

18　ルネ・バザン（一八五三―一九三二）が、サハラ砂漠に隠棲した宣教師、シャルル・ド・フーコーに捧げた評伝。

ダルを履いた足が痛かった。わたしには、彼がひとりになりたがっている気がしていた。おそらく、彼の頭に浮かんだ考えを、心おきなくたどってみたかったのだ。アンヌの話をしなかったことをわたしは彼に指摘した。僕たちには対話の主題を選ぶ自由はないのだ、と彼はきっぱりと言った。それに瞑想だって同じことだ。『さもなければ』と彼は誇らし気に付け加えた。『神秘主義者たちの考え出した方法に従わなければなりません……僕たちのような人間は、いつも流れに従い、坂を下っていきます……』そんなふうに、彼はすべてをその時読んでいたものに結びつけるのだった。アンヌに関する行動プランを立てるために、会う約束をした。彼は話していてもうわの空で、わたしのした質問のひとつに答えずに、身を屈めた。子供っぽい仕草で彼はヤマドリタケをわたしに見せて、それを鼻と唇に近づけた」

# 第七章

ベルナールが、家の敷居のところでテレーズの帰りをうかがっていた。「どこも悪くなかったんだ！　どこも！」と暗い中に彼女のワンピースが見えると、彼が叫んだ。「見てのとおりのこんな体格で、私が貧血だなんて信じられるかい？　信じられないことだが、本当なんだ。外見なんて当てにならないぞ。治療を続けていくことになる……ファウラー氏療法[19]だ。砒素だよ。大事なのは、食欲を取りもどすことなんだ……」

テレーズは、最初はいらいらしなかったことを覚えている。ベルナールからやってくるものがすべて、ふだんよりも彼女にこたえなかった（まるで打撃が前よりも遠くから与えられているかのようだった）。彼の言うことが耳に入らなかった。体も心も別の世界を向いていたのだ。知ることや理解することだけを望む、貪欲な人たちが暮らす世界だ――深く満足した様子でジャンが繰りかえした言葉によれば、「自分になること」を望む人たちだ。食卓でようやくジャンと出会ったことを話すと、ベルナールが叫んだ。「それを言わなかったのか？　まったく、何て変わった人なんだ、あ

19　トーマス・ファウラー（一七三六―一八〇一）。イギリスの医師。砒素を基にした薬を開発した。

なたは！ それで？ どういうことになったのだ？」

彼女は即座に思いつきのプランを口にしたが、じっさいにそのとおりに行われることになった。ジャン・アゼヴェドがアンヌに手紙を一通書くことを承知した。その中で、穏やかにアンヌから希望を残らず取りあげることができるだろう。あの若い男がこの結婚にまったくこだわっていないと、テレーズが言いはると、ベルナールは吹きだした。アゼヴェド家の男が、アンヌ・ド・ラ・トラーヴと結婚することにこだわっていないだって！「言うに事欠いて。頭がどうかしたのか？ ただ単に、どうしようもないことだとわかっているのさ。ああした連中は、確実に負けるとわかっている時には無理をしないからね。まだ世間知らずだな、あなたは」

蚊が入るので、ベルナールがランプをつけたがらなかった。それでテレーズの眼つきが彼には見えなかった。彼が言うには、「食欲が戻ってきていた」。はやくも、あのボルドーの医者のおかげで、彼は生命を取りもどしていた。

「わたしは頻繁にジャン・アゼヴェドと会っただろうか。彼は十月の終わりに、アルジュルーズを離れた……たぶん、五、六回ふたりで散歩をした。はっきりと思い出せるのは、アンヌに送る手紙を書くことに一緒に取り組んだ時のことだけだ。あの青年は他意もなく心が休まる表現だと信じる言い方を選んだ。彼には何も言わなかったが、わたしには、そうした言い方の残酷さがありありと感じられた。しかし、最後に何回か会って歩いたことは、わたしの中でたったひとつの思い出の中に融合している。ジャン・アゼヴェドがわたしにパリや彼の友人たちを描写した。それでわたしは『自分自身になること』が掟となっているような国を想像した。『ここにいたら、あなたは死ぬまで嘘をつかなければなりません』。彼は下心があって、そんな言葉を口にしたのだろうか？　わたしがどんな人間だと思っていたのだろうか？　彼の話では、わたしがこの息の詰まる風土に耐えることは不可能なのだった。『見てください』と彼がわたしに言った。『この巨大で単一な凍結した表面の下に、ここの人たちみなの心が捕われています。時おり、亀裂がひとつ入って、黒い水をのぞかせます。誰かがもがき、姿を消すと、表面がもとに戻ります……というのも、ここでもよそと同じように、ひとりひとりが自分に固有の定めを持って生まれているからです。ここでもよそと同じように、ひとりひとりの運命は、その人だけのものだからです。ところが、みなと同じこの陰うつな運命に従わなければならないのです。抵抗する人たちもいます。そこから悲劇的事件が生まれ、それについては家族が口を閉ざします。ここでよく言われるように〈沈黙を保たねばならない〉のです……』

「『本当にそうだわ！』」、とわたしは叫んだ。『どのアルバムにも写真が見あたらない大伯父や祖母の誰それについて、尋ねてみたことがあるけれど、決して答えてもらえなかった。〈姿を消したんだ……消してもらったんだ〉と、一度打ち明けてくれたことがあるだけよ』

「ジャン・アゼヴェドは、わたしがそんな運命をたどることを恐れてくれたのだろうか？　彼は、アンヌ相手には、こうしたことを話そうとは思いもよらなかっただろうときっぱりと言った。というのも、彼女は、恋に夢中だったとはいえ、とても単純な心の持ち主だから。言い出したら聞かないところもわずかばかりだから、ほどなく服従することだろう。『だけどあなたは！　あなたのどの言葉からも誠実な飢えと渇きが感じられます……』こうした言葉を正確にベルナールに報告しなければならないだろうか？ こうしたことについて夫が何かを理解してくれると期待するなんて狂気の沙汰だ！ いずれにしても、わたしが抵抗もせずに屈したわけではないことを知ってもらわなければ。堕落を受け入れるもっとも卑しいやり方を、巧みな言い回しで飾りたてているとあの青年に反論したことを覚えている。高校で読んだ倫理の本で覚えていることを援用することさえした。『自分自身になる、ですって？』とわたしは繰りかえした。『だけどわたしたちが自分自身になるのは、どれだけ自分で自分を作っていけるかにかかっているのよ』。（細かく説明するまでもない。でもベルナールには細かく説明しなければならないかもしれない）。アゼヴェドは、自分を否定するよりもひどい堕落の仕方があることを否定した。自分の中を一度ならず踏破して、まず自分のあらゆる限界に達したことのない英雄や聖人などいないと彼は主張した。『神を見いだすには、自分を超えなければならないのです』と彼は繰りかえした。そして、こうも言った。『自分を受け入れると、僕たちの中の最良の人たちは、自分自身と戦うことをよぎなくされます。素顔を曝して、策を弄さずに戦うのです。捕われているもののなかった人たちが、もっとも狭量な宗教に改宗することがしばしば起こるのは、そのためなのです』

「こうした説教の正当性をベルナールとは議論しないことだ――これがおそらくはあわれむべき詭弁だという彼の言い分さえ認めることだ。しかし、わたしの種類の女が、どれほどそうしたものに揺さぶられるものか、アルジュルーズの食堂で夜、何を感じていたのかは、理解してほしい。理解しようとしてほしい。ベルナールは、かたわらにある台所の奥で、ブーツを脱ぎ、この土地の言葉でその日の収穫について話していた。捕獲されたモリバトたちが暴れて、テーブルの上に投げだされた袋を膨らませていた。ベルナールは時間をかけて食事をした。食欲を取りもどした喜びに浸りながら、いとしそうに『ファウラー氏液』の滴数を数えた。『これが健康のもとだ』と彼は繰りかえしていた。さかんに火が燃えていた。そしてデザートの時には、肘掛椅子の向きを変えるだけで、フェルトの靴を履いた足を炎にかざすことができた。『ラ・プティト・ジロンド』紙を読むうちに眼が閉じた。いびきをかくこともあった。しかしまた、彼が呼吸する音さえ聞こえないこともしばしばだった。バリヨンの女房がまだ台所で古いスリッパを引きずって動きまわっていた。それからろうそく立てを持ってきた。そして静寂だった。アルジュルーズの静寂だ！ この人里離れたランドを知らない人たちには静寂が何であるかわからない。静寂が家を取り囲む。時おり一羽のフクロウが鳴くほかは、生きているものの何もない森の濃密な広がりの中で、凝固したかのような静寂だ（わたしたちが抑えていたすすり泣きが、夜になると聞こえてくる気がするのだ）。

「わたしがこの静寂を知ったのは、特にアゼヴェドが出発したあとだった。朝になればジャンがふたたび私の前に姿を現わすとわかっている間は、彼がいるおかげで、外の闇も害のないものになっていた。近くにいる彼の眠りが、ランドと夜を満たしていた。最後に会った時には彼は一年後に会う約束をした。その時にはわたしが自由になっているという希望で胸を膨らませていると言っていた（今日でもまだ、彼が軽い気持ちでそう言っていたのか、下心があったのかはわからない。あのパリジャンは、静寂が、アルジュルーズの静寂がもう耐えられなかったのだ、そして、わたしだけが彼の話に耳を傾けたので、わたしに好意を持ったのだ、という思いが今は強くなっている）。

彼がアルジュルーズにいなくなるや否や、彼と別れるや否や、果てしのないトンネルに入りこみ、絶えず増大していく闇に沈みこむ気がした。そして、窒息する前についに広々とした場所に到達することがあるだろうかと時おり考えた。一月のお産までは何も起こらなかった……」

ここで、テレーズはためらう。ジャンの出発した翌々日にアルジュルーズの家で起こったことから考えを逸らそうと努める。「そうよ、そうよ」と彼女は考える。「あんなことは、これからベルナールに説明しなければならないこととは、何の関係もないわ。どこにも通じていないこんな道筋でぐずぐずしている時間はないのよ」。しかし、考えは思うに任せない。考えたいことに向かうのを阻むことなどできない。テレーズの記憶から、十月のあの晩が消しさられることはないだろう。二階では、ベルナールが服を脱いでいた。テレーズは、薪が完全に消えるのを待って、彼のところへ行こうとしていた――しばしひとりでいられて幸せだった。この時間に、ジャン・アゼヴェドは何をしているのか？　彼が話していたあの小さなバーで、飲んでいるのかもしれない。友人のひとりと人気のないブローニュの森を（それほど夜が穏やかだったので）車で走っているのかもしれない。机に向かって勉強しているのかもしれない。遠くでパリがうなっている。静寂は、彼が創りだすものであり、世間の喧騒に対して勝ちとるものであり、テレーズの息を詰まらせている静寂のように外部から押しつけられることはない。静寂は彼の成果であり、ランプのほのかな光のとどくところや本でいっぱいの棚を越えたところまでは広がっていない……そんなふうに、テレーズは思いを巡らせていた。その時だ、犬が吠え、それからうなった。すると聞き覚えのある声が、疲れきった声が、玄関で、犬をなだめた。アンヌ・ド・ラ・トラーヴがドアを開けた。夜の中をサン＝クレールから徒歩で帰ってきたのだ――靴は泥だらけだった。老けた小さな顔の中で、彼女の眼が輝いていた。帽子を肘掛椅子の上に投げだすと、彼女が尋ねた。「彼はどこ？」

テレーズとジャンは手紙を書いて投函してしまうと、それでこの件は終わったものだと思いこんだ――アンヌが諦めないとは思いもよらなかった――生きるか死ぬかの瀬戸際にある人が、道理を並べたり筋道立てて説明したりすれば、それで納得するかのように！　監視している母親の眼を盗んで列車に乗ることができた。アルジュルーズの闇に閉ざされた道では、木々の梢の間を流れる明るい空が、道しるべとなった。「すべては、もう一度彼に会うことだ。また会えば、彼は戻ってくる。彼にまた会わなければ」。彼女は足を取られ、轍で足をひねった。それほど、アルジュルーズに急いで来ようとした。それなのに今、テレーズが、ジャンは去り、パリにいると言う。アンヌはかぶりを振って否定する。彼女の言うことなど信じない。疲労と絶望で崩れおちないためには、信じないことが必要だ。

「ずっと嘘をついてきたように、嘘をついているんだわ」

テレーズが言いかえしたので、彼女は付け加えた。

「まったく、家族の精神そのものね！　自由な女性というポーズは取っているけれど……結婚してからは、家族の女性のひとりになってしまった……そう、そう、もちろんよ。うまくやったつもりでしょ。あたしを救うために、裏切ったってこと？　説明なんかしてもらわなくてけっこうよ」

彼女がふたたびドアを開けたので、どこに行くのかとテレーズが尋ねた。

なった。


「ヴィルメジャの、彼のところよ」

「繰りかえすけど、二日前からもうそこにはいないのよ」

「あんたの言うことなんか信じないわ」

彼女が外に出た。テレーズは、それで、玄関の壁にかかっていた角灯に火をつけて、彼女と一緒になった。

「道が違うわよ、アンヌ。ビウルジュに行く道だわ。ヴィルメジャは、こっちよ」

ふたりは、草地から溢れでている靄を通りぬけた。犬たちが眼を覚ました。ヴィルメジャのカシの木々だ。家は眠っているのではなく、死んでいるのだ。アンヌはこの空っぽの墳墓のまわりを回って、両手のこぶしでドアを叩く。テレーズは、立ちつくしたまま、角灯を草の中に置いた。友人の亡霊がふらふらと一階の窓のひとつひとつに顔を押しあてていくのが見える。おそらく、アンヌはひとつの名前を繰りかえしている。だがそれを叫びたてることはない。まったく無駄なことだとわかっているのだ。家の影に隠れて、しばらく彼女の姿が見えなくなる。彼女がふたたび姿を見せ、ふたたびドアのところに戻り、敷居にへたりこむ。腕を膝に回して組み、そこに顔を隠す。テレーズは、彼女を立ちあがらせ、引きずっていく。アンヌは、おぼつかない足取りで、繰りかえす。「明日の朝、パリに発つわ。パリだってそれほど広くはない。パリで彼を見つけるわ……」しかし、抵抗する力も尽きて、すでに戦意を失った子供の口調だった。

ベルナールがふたりの話す声で目を覚まして、部屋着のまま客間で待っていた。テレーズが兄と妹の間に炸裂した騒動を記憶から追いはらおうとするのは間違いだ。疲れきった少女の両手首を荒々しく掴んで三階の寝室まで引っぱっていき、ドアに鍵をかけることのできるこの男が、テレーズよ、あなたの夫なのだ。このベルナールが、今から二時間後に、あなたの裁判官となるのだ。家族の精神に従って行動し、まったくためらうことがない。どんな状況でも、家族の利益のために何をするのが適切なのか、つねにわかっているのだ。不安にさいなまれて、あなたは、長い弁論を準備している。しかし、規範に捕われていない男たちだけが、自分の知らない理由に譲歩することができるのだ。ベルナールは、あなたの論証など歯牙にもかけない。「私には、自分が何をすべきかわかっている」。彼にはどんな時でも自分のすべきことがわかっている。ためらうことがあれば、こう言う。「家族でそのことについて話しあったのだが、私たちの結論は……」彼が判決を用意したことをどうして疑うことができるのか？ あなたの運命は定まっている。永久に。眠っていても同じことなのだ。

# 第八章

打ち負かされたアンヌをラ・トラーヴ夫妻がサン゠クレールに連れさったあとは、お産が近づくまで、テレーズはもうアルジュルーズを離れなかった。十一月のとてつもなく長い夜の間に、テレーズはアルジュルーズの静寂を思い知った。ジャン・アゼヴェドに宛てて手紙を一通書いたが、返事がなかった。おそらく、こんな田舎の女など文通の労を取るに値しないと見なしているのだ。そもそも、妊娠している女性が美しい思い出となることなど、絶対にないものだ。たぶん、離れてみて彼にはテレーズが面白みのない女性だと思われだしたのだ。うわべだけの複雑さや気取った態度を示せば、あのばか者の気を引くことができたのだろうが！　だがあの男に、この誤解されがちな単純さ、このまっすぐな視線、決してためらうことのないこの仕草の何を理解することができただろうか？　じつのところ、幼いアンヌのように、彼女も彼の言うことを文字通りに取って、すべてを捨てて彼についてきかねないと思っていたのだ。ジャン・アゼヴェドは、攻囲軍が攻囲を解く暇もないうちに、さっさと降伏してしまう女性たちを信用していなかった。勝利とその戦果以上に、彼の恐れるものは何もなかったのだ。テレーズは、それでも、あの青年の世界に生きようと努力した。しかし、ジャンが褒めていた本を何冊かボルドーから取り寄せてみたが、彼女には理解不可能なものに思われた。何と手持ち無沙汰なことか！　彼女に産着の用意などを求めてはならない。「それはあの人には向かない」とラ・トラーヴ夫人は繰りかえしていた。地方では、お産で亡くなる女性が大勢いる。テレーズは、母親のような最期を迎える、そうなるに決まっていると断言して、クララ伯母に涙を流させた。彼女は、「死んだって平気よ」と付け加えることも忘れなかった。嘘だ！　生きたいとこれほど熱烈に思ったことは一度もなかった。ベルナールがあれほどの心遣いを見せてくれたことも一度もなかった。「わたしのことではなく、わたしの胎内に宿っているものを気遣っていたのだ。『ピュレをおかわりしたら……魚は食べないで……今日は十分に歩いたよ……』と、ひどい訛りで彼はくどくど言っていたけど、ご苦労なことだ。わたしは心を動かされなかった。母乳の質をあげつらわれる、よそ者の乳母が心を動かされないのと同じだった。ラ・トラーヴ夫妻はわたしの中の聖なる器を、彼らの子孫を収める容器を崇拝していた。疑う余地もないが、万一の時には、胎児を救うためにわたしを犠牲にしたことだろう。わたしは自分が個人として存在している気がしなかった。わたしはぶどうの蔓に過ぎなかった。家族の眼には、わたしの母胎に結ばれている果実だけが大事だったのだ。

「十二月の終わりまで、こうした暗闇の中で生きていなければならなかった。まるで無数の松の木々では十分ではないかのように、間断なく降りしきる雨が、暗い家の周囲に、流動する膨大な数の格子を増設していた。サン＝クレールに通じる唯一の道が、通行できなくなる危険が出てくると、わたしは町に移されたが、そこの家も、暗いことではアルジュルーズの家とさほど変わらなかった。広場の老いたプラタナスの木々が、雨まじりの風に抗して、まだ葉をざわめかせていた。アルジュルーズ以外の場所では生きることができないので、クララ伯母は、わたしの寝ているそばに移ってきてはくれなかった。でも、どんな天気でも、轍に合わせて作られた馬車で頻繁にやってきて、わたしが子供の時に大好きだった甘いものを持ってきてくれた。伯母はまだわたしがそんなものが好きだと思っていたのだ。ミックと呼ばれるライ麦と蜂蜜でできた灰色の丸いパンや、フガースあるいはルマジャッド[20]という名前の菓子のことだ。食事の時にしかアンヌには会わなかった。彼女はもう話しかけてこなかった。諦めきった様子で服従し、一挙にみずみずしさを失っていた。髪をうしろに引っぱりすぎていて、見苦しい青白い耳がむきだしになっていた。ドギレムの息子の名前が口にされることはなかったが、ラ・トラーヴ夫人は、アンヌがまだ承諾していないにしても、もう拒んでもいないと断言した。まったく！ジャンが考えていたとおりだった。彼女に手綱をつけて、規律に従わせるには、たいして時間がかからなかった。また食前酒を嗜みだしたので、ベルナールの体調が思わしくなくなった。わたしのまわりで、あの人たちは、どんな言葉を交わしていたのか？司祭のことがさかんに話題になっていたことを覚えている（わたしたちは司祭館の正面に住んでいた）。たとえば、『なぜ、日に四度も広場を横ぎって、そのつど、違う道から帰ってこなければならないのか……』が問題になったものだ」

　ジャン・アゼヴェドのいくつかの言葉から、テレーズはまだ若いこの司祭により多くの注意を向けるようになった。彼のことを気位が高くて、「ここに必要なタイプではない」と思う教区の人たちとコミュニケーションが取れていなかった。まれにラ・トラーヴ家を訪ねてくると、テレーズは、彼の白いこめかみやひいでたひたいを観察した。友人はひとりもいない。夜をどう過ごしているのか？　どうしてこんな生活を選んだのか？「やることはとても正確ね」とド・ラ・トラーヴ夫人が言っていた。「毎晩礼拝はするけれど、訴えかけてくるものがない。いわゆる敬虔な人と呼ばれるタイプだとは思えないわ。それに、慈善事業に関しては、すべて放りだしてしまったのよ」。義母は、彼が青年会のブラスバンドをなくしてしまったことを残念がっていた。親たちは、彼がサッカー場で子供たちに付きそってくれないことに不満を漏らした。「しじゅう本にかじりついているのは見あげたものだけど、教区はすぐにだめになってしまう」。テレーズは、彼の話を聞くためによく教会に行った。「どういう風の吹き回しかしら？」そんな体で、行かなくてもとやかく言われない時になって」。司祭の説教は、教義や道徳に関しては、個性がなかった。しかしテレーズは、声の抑揚の変化や身振りに興味を持った。ある言葉に、より重みがあるように思われる時があった……ああ！　彼ならたぶん彼女の中のこの混沌とした世界を解きほぐす手助けをしてくれたことだろう。ほかの人たちとは異なっていたから、彼もまた、悲劇的な決心をしたのだ。内面の孤独に、スータンがそれをまとう男の周囲に作りだすあの砂漠を付け加えたのだ。あの毎日の祭式からどんな慰めを汲みとっているのか？　テレーズは、できれば週日のミサに出席してみたかった。その時には、ミサ答えの少年がひとりいる以外は誰も立ちあっていないところで、彼が一片のパンに身を屈めていくつもの言葉をつぶやくのだ。だけど、そんな行動に出たら、家族や町の人たちが

20　冠型のブリオッシュの一種。

変に思って、回心したのだなどと、かまびすしくなったことだろう。

テレーズにとって、この時期も苦しかったが、もう生活が本当に耐えられなくなり始めたのは、お産の翌日だった。そのことは、外からは何もわからなかった。ベルナールとの間にはどんなごたごたもなかった。そして、義理の両親には、夫自身がそうしていた以上に、うやうやしく接していた。そこに悲劇があった。仲違いをする理由がひとつもなかったことだ。物事が死ぬまで同じ調子で続くことを妨げてくれるような出来事を予想することが不可能だった。不和になるには、出会って衝突する土壌がなければならない。しかしテレーズには決してベルナールと出会うことがなかった。義理の両親とは、さらにひどかった。彼らの言葉が彼女にまで到達することは、ほとんどなかった。答える必要があるという考えが彼女には浮かばなかった。共通の語彙だけでもあっただろうか？ 双方がきわめて重要な言葉に異なる意味を与えていた。テレーズが嘘いつわりのない叫び声を洩らしても、家族は、この若い女性は機知をひけらかすことが好きなことにして、はなから取りあわなかった。「聞こえない振りをするわ」とラ・トラーヴ夫人は言っていたものだ。「そして、あの人がしつこく言う時には、聞き流しておくのよ。彼女も私たち相手ではうまくいかないことがわかっているから……」

それでも、娘のマリとそっくりだと声を上げる人がいると、そんなことは認められないとテレーズがわざとらしく言うことには、ラ・トラーヴ夫人もがまんがならなかった。いつものように驚きの声が上がると（「この子は、どう見てもお母さん似ですよ……」）、この若い女性には感情が高ぶって、それを隠しきれないことがあった。「この子は、ぜんぜんわたしには似ていません」と彼女は強調した。「見てください。肌は褐色だし、眼は黒玉のようです。わたしの写真を見てくだされば わかりますけど、わたしは青白い子供だったんです」

彼女はマリが自分に似ていることを望まなかった。自分の体から取りだされたこの肉体とは、もう何も共有したくなかったのだ。母親としての感情に胸がつまることなどないのだという噂が流れはじめた。しかし、ラ・トラーヴ夫人は、嫁が嫁なりに娘を愛しているのだと断言した。「もちろん、お風呂を使わせたり、おむつを替えたりすることまで要求してはなりません。そこまでは、彼女には望めません。でも、夜の間ずっと、揺りかごのかたわらに座って、煙草を吸うのをがまんして、眠っている赤ん坊を見ている姿を何度も見かけました……それに、私たちのところには、とても真面目なお手伝いさんがいます。それから、アンヌだっています。まったく！ あの子は、間違いなく、立派な若いお母さんになりますよ……」家の中でひとりの赤ん坊が息をするようになってから、たしかにアンヌが生命を取りもどしはじめていた。揺りかごは、つねに女性たちを引きよせるものだ。しかし、アンヌは、ほかの誰よりも、赤ん坊の世話をすることに深い喜びを感じた。もっと自由に赤ん坊の部屋に入るために、彼女はテレーズと仲直りした。とはいえ以前の愛情としては、身振りや親しげな呼びかけ以外には何も残っていなかった。この若い娘は、テレーズが母親として嫉妬することを特に恐れていた。「赤ん坊は、お母さんよりもわたしになついているのよ。わたしを見るとすぐに笑うんだから。この前など、わたしが抱っこしていた時に、テレーズが抱こうとすると泣き叫びだしたの。わたしの方が好きなんだわ。もう気兼ねすることがあるくらい……」

アンヌは気兼ねなどしなくても良かったのだ。人生のあの時期には、テレーズは娘になどこだわっていなかった。ほかのものすべてに対しても同じだった。人々や物事や自分自身の体や自分の心さえも、蜃気楼のように見えていた。自分の外にかかった蒸気だった。ただひとり、この虚無の中で、ベルナールだけがおぞましい現実味を帯びていた。彼の恰幅のいい体、鼻にかかった声、そしてあの有無を言わせぬ口調、あの満足した様子。この世界から外へ出ること……しかし、どうやって？ そしてどこへ行くのか？ 最初の暑さがやってきて、テレーズは参っていた。自分がまさに犯そうとしていたことを、気がつかせてくれるものは何もなかった。あの年に、どんなことがあったか？ どんな事件も、どんな口論も思い出せない。聖体祭の日に、半分閉めた鎧戸の間から行列の様子をうかがっていた時に、いつもよりも夫のことが嫌に感じられたことを覚えている。ベルナールは、移動天蓋のうしろにいる、ほとんどただひとりの男だった。村からは、瞬く間に、人気がなくなっていた。あたかも、子羊ではなくライオンが通りに放たれたかのようだった……村の人たちは、帽子を取ったり、跪いたりしなくてすむように、引きこもっていた。いったん危険が去ってしまえば、ドアがまたひとつずつ開いていくのだった。テレーズは、司祭をまじまじと見た。ほとんど目を閉じて、両手であの奇妙なものを持って進んでいる。唇が動いている。あのつらそうな様子で、誰に向かって話しかけているのか？ そして彼のすぐうしろに「義務を遂行している」ベルナールがいた。

何週間も続けて、雨が一滴も降らなかった。ベルナールは、火事が起こらないかとびくびくして過ごし、ふたたび心臓を「感じる」ようになっていた。ルーシャの方で、五百ヘクタールの松林が燃えた。「もし風が北から吹いていたら、バリザックの私の松林も失われていたな」。テレーズは、この変わることのない空から自分でもわからない何かを期待していた。もう二度と雨が降らないかもしれない……ある日、周辺の森がすべてぱちぱちと燃えて、町そのものも被害を免れないことになる。どうしてランドの村々は一度も燃えることがないのか？ 炎がいつも松の木々を選んで、決して人間たちを選ばないことが不公平だと思われた。家族では、こうした災害の原因について、果てしなく議論した。煙草のポイ捨てか？ 故意なのか？ テレーズは、ある夜、起きあがって家を出て、下草がもっとも生い茂った森まで行き、煙草を投げ捨てると、やがて巨大な煙が夜明けの空を曇らせる夢を見た……しかし、彼女はこの考えを追いはらった。血の中に松林への愛が流れているのだ。彼女の憎悪が、木々に向かうことはない。

今や犯したことを正面から見つめる時が来た。ベルナールにどう説明したらいいのか？ あのことがどうやって起こったのか、ひとつひとつ彼に思い出してもらうほかない。マノの大火事のあの日だった。家族が急いで昼食を取っている食堂に、男たちが何人も入ってきた。火は、サン＝クレールから遠く離れているようだと請けあう者もいれば、警鐘を鳴らすべきだと執拗に言う者もいた。松脂の焼けた匂いが、あの灼熱の日差しに染みわたって、太陽が汚れたようだった。テレーズの眼にふたたびベルナールが浮かんでくる。顔をあちらに向け、バリヨンの報告を聞いている間に、毛深いがっしりした手を、コップの上にかざしているの忘れ、ファウラー氏液のしずくが水の中に落ちている。彼は一気に、薬を飲みほす。暑さでぼうっとしたテレーズが、いつもの倍の量を入れたと教えようと考える間もなかった。みんなが食卓を離れた――テレーズだけが残り、生のアーモンドの殻を割っていた。この騒ぎには関心がなく、その外にいた。自分の悲劇以外のどんな悲劇にも無関心な彼女は、この悲劇にも無関心だった。警鐘は鳴らない。ベルナールがやっと戻ってくる。「今度ばかりは、騒がなくてあなたが正しかったよ。燃えているのは、マノの方だ……」「薬を飲んだかな」と尋ねると、返事も待たないで、彼がふたたびコップにしずくを垂らした。黙っていたのは、おそらく、けだるかったからであり、疲れていたからだ。あの時、何を望んでいたのか？「よく考えた上で黙っていたなんてことはありえない」

しかしながら、あの夜、嘔吐して涙を流すベルナールの枕元で、ペドメ医師から、昼に何かなかったかと聞かれた時、彼女は食卓で見たことについて何も言わなかった。とはいえ、あやしまれずに、ベルナールが服用している砒素に、医師の注意を引くことは簡単にできたはずだ。こんなふうに言えばよかったのだ。「あの時にはわからなかったのですけど……あの火事のせいで、みんな動転していましたから……だけど、今ならはっきりわかりますが、夫は倍の量を服用しました……」彼女は黙ったままだった。話そうという気持ちだけでも感じただろうか？昼の間、知らぬ間に自分の中にあった行為が、その時、自分の存在の奥底から姿を現わしはじめた――まだ形を成していなかったが、半ば意識に浸されていた。

医師が帰ったあと、彼女はようやく眠りについたベルナールを見つめた。彼女は考えていた。「これが〈あれ〉のせいだという証拠は何もない。ほかの症状は何もないけれど、虫垂炎の発作かもしれない……あるいは、感染性のインフルエンザの症例のひとつかもしれない」。しかしベルナールは翌々日には、回復していた。「〈あれ〉のせいだった可能性が高い」。テレーズは、そうだと言い切るには至らなかった。できることなら、確かめてみたかった。「そう、恐ろしい誘惑の餌食になっているという気持ちはまったくなかった。それは、満足させるには少し危険な好奇心だったのだ。ベルナールが部屋に入ってくる前に、彼のコップにファウラー氏液を数滴落とした最初の日、自分にこう繰りかえしたのを覚えている。『たった一度だけ、気持ちをすっきりさせるために……夫が病気になったのがこれのせいかどうかわかるだろう。一度だけ、それでおしまいにするのだ』」

列車が速度を落とし、汽笛を長く鳴らし、ふたたび動きはじめる。闇の中に火が、二つ、三つ見える。サン＝クレールの駅だ。しかし、テレーズには、検討すべきことがもう何もない。彼女はぽっかりと口を開けた犯罪の中に、飲みこまれてしまった。犯罪に吸いこまれてしまったのだ。続いて起こったことは、ベルナールが、彼女と同じくらいよく知っている。彼の病気のあの突然の再発。そして、力尽きたように見え、何も口にすることができなかったにもかかわらず、夜も昼も夫を看病するテレーズ（彼がファウラー氏療法を試すように彼女を説得して、ペドメ医師に処方箋を書いてもらったほどだった）。気の毒なのは医師だ！　彼はベルナールが嘔吐する緑がかった液体に驚いていた。病人の脈拍と体温は、彼がそれまでなら決して信じられなかったくらいに食い違っていた。高熱にもかかわらず、脈拍が落ちついているパラチフスの症例には何度も立ち会ってきた——しかし、この早鐘のような脈動と正常よりも低い体温は、何を意味しうるのか？ 感染性のインフルエンザだ。おそらく。インフルエンザということですべて説明がつく。

ラ・トラーヴ夫人は対診医として大家に来てもらうことを考えていた。しかし、この古くからの友人である医師の気分を損ねることは望まなかった。それにテレーズが、ベルナールにショックを与えることを恐れていた。それでも、八月の半ば頃には、いっそう危険な発作のあとで、ペドメが自分から同業者のひとりに意見を聞くことを希望した。さいわいなことに、その翌日からさっそく、ベルナールの容態は快方に向かった。三週間後には、回復期という言葉が出るようになった。「危ういところだった」とペドメは言っていた。「もし大先生が来るだけの時間があったら、この治療の手柄はすべて持っていかれてしまっただろうからね」

ベルナールは、アルジュルーズに運んでもらった。モリバト猟までにはすっかり治っているつもりでいたのだ。テレーズは、この時期、へとへとになるまで働いた。ひどいリューマチの発作で、クララ伯母が寝たきりになっていたのだ。すべてがこの若い女性の肩にのしかかってきた。病人がふたりに、赤ん坊がひとり。そのほかに、クララ伯母が中途で放りだした仕事があった。テレーズは、おおいに善意を発揮して、アルジュルーズの貧しい人たちに対する伯母の仕事を引き継いだ。彼女は小作農家を回って、伯母と同じように、処方箋を薬に変えることを引き受け、自分の財布から薬代を払った。ヴィルメジャの小作農家が閉ざされたままであることが寂しいとも思わなかった。もうジャン・アゼヴェドのことも、誰のことも考えてはいなかった。たったひとりで、眩暈を覚えながら、トンネルを通りぬけていた。そのもっとも暗いところにいた。考えこんだりせずに、獣のように、この闇から、この煙から外へ出なければならない。広々としたところに達しなければ。早く！　早く！

十二月の初めに病気が再発して、ベルナールが起きあがれなくなった。ある朝、目を覚ますと、がたがた震えて、足が動かなかった。感覚がなくなっていた。そして、そのあとに起こったことは！　ある晩、ラ・トラーヴ氏が、ボルドーから対診医を連れてきた。病人を診察したあと、彼は長い間、口を閉ざした（テレーズがランプをかざしていたが、バリヨンの女房は、彼女がシーツよりも蒼白だったことをまだ覚えている）。照明の暗い踊り場で、ペドメは、テレーズが聞き耳を立てているので声をひそめて、薬剤師のダルケーが偽造された自分の処方箋を二通見せてくれたと、同業の士に説明した。一通目には、犯罪者の手で、ファウラー氏液が付け加えられていた。もう一通には、かなりの量のクロロホルムや、ディジタリン、アコニチンが書きこまれていた。バリヨンがそれを、たくさんのほかの処方箋と一緒に、薬局に持ってきた。こうした毒物を渡したことを気に病んで、その翌日、ダルケーがペドメのところへ駆けこんできたのだ……そうだ、ベルナールはテレーズ自身と同じくらい、こうしたことをよく知っている。救急車が、緊急に、ボルドーのあるクリニックへ、ベルナールを運んだ。そして、その日からすぐに、彼は快方に向かった。テレーズは、ひとりでアルジュルーズに残った。しかし、いかに孤独だったとはいえ、彼女には自分の周囲の、巨大なざわめきが感じられた。猟犬の群れが近づいてくるのを聞いている、うずくまった獣だった。無我夢中で走ったあとのようにへたりこんでいた――あたかもゴールの手前で、すでに手を伸ばしていたのに、突然地面に叩きつけられて、足が折れたかのようだった。冬の終わりのある晩、彼女の父親がやってきて、身の潔白を証明してくれと頼んだ。すべてがまだ何とかなる。ペドメが、訴えを取りさげてもよいと言ってくれた。処方箋のうちの一通が、まるっきり自分の手になるものではないという自信がなくなってきたということなのだ。アコニチンや、クロロホルム、ディジタリンに関しては、あんな大量に処方したはずはないが、病人の血液からはまったく検出されなかったのだから……

テレーズは、クララ伯母の枕元で、父親と話した場面を思い出す。薪の火が部屋を照らしていた。誰ひとり、ランプを欲しがらなかった。彼女は学課を暗誦する子供の単調な声で説明した（眠れぬ夜に復習していた学課だ）。「アルジュルーズの人間ではないひとりの男に道で出会いました。その人は、ダルケーのところに人をやるのだから、自分の処方箋も引き受けてくれないかとわたしに言いました。ダルケーにはつけがあるから、自分では薬局に顔を出したくないということでした……家まで薬を取りに来るという約束でしたが、名前も住所も残していきませんでした……」

「テレーズ、ほかの説明を考えてくれ。テレーズ、家族の名においてお願いする。ほかの説明を考えてくれ、情けないやつだ！」

ラロックの父親は、執拗に諫める言葉を繰りかえした。耳の不自由な伯母は、半ば枕の上に体を起こして、命にかかわる脅威がテレーズの上にのしかかっているのを感じてうめいた。「この人は、何を言っているの？　どうしろと言うの？　なぜ苦しめられているの？」

彼女は力を振りしぼって、伯母に微笑み、彼女の手を取った。その間にも、公教要理を唱える女の子のように、繰りかえした。「道で会った男でした。暗すぎて、顔は見えませんでした。どの小作地に住んでいるのか、言いませんでした」。別の晩に、その男が薬を取りに来た。運の悪いことに、家で彼を見かけた者は、誰もいなかった。

テレーズ・デスケルー

# 第九章

ついにサン＝クレールだ。車両から降りる時に、テレーズだと気がついた者はいなかった。バリヨンが切符を渡している間に、彼女は駅を迂回して、積みあげられた木材の板の間を通って、馬車が待っている道に出る。

今度はこの馬車が、彼女の避難場所となる。でこぼこした道に出れば、もう誰にも会う心配がない。苦労して再構成した自分の物語がすべて崩れおちる。告解を準備してきたが、もう何も残っていない。そう、弁解のために言うことは何もない。提示できる理由さえひとつもない。いちばん簡単なのは、黙っていることだ、あるいは聞かれたことにだけ答えることだ。何を恐れることがあろう？　この夜も、ほかの夜々のように、過ぎさっていくのだから。明日になれば日が昇るのだ。何が起ころうとも、切りぬける自信はある。この無関心以上に、自分をこの世界や自分自身からも隔てている、すべてから離脱したこの気持ち以上に悪いことは、何も起こりえない。そうだ、生の中の死なのだ。生きている者に味わえる限りの死を味わっているのだ。

闇に眼が慣れてきて、道の曲がっているところにある小作地がどこだかわかった。横たわって眠る獣に似た何軒かの背の低い家があるところだ。ここで、かつてアンヌは、彼女の自転車の車輪に決まって飛びこんでくる犬を恐がったものだった。その先では、ハンノキの木立によって窪地のあることがわかった。いちばん暑さの厳しい日々に、ひんやりとした空気が、つかの間、この場所で、ふたりの若い女の子のほてった頬に触れるのだった。日よけ帽の下に白い歯を光らせて自転車に乗った男の子やベルの音や「見て！　両手を離すよ！」と叫ぶ声などの、入り乱れたイメージが、テレーズを引きつける。力尽きた心を休ませるために、あの過ぎさった日々の中に見いだすものは、それですべてだ。馬の速足のリズムに合わせて、いくつかの言葉を機械的に繰りかえす。「わたしの人生など無用だ――わたしの人生など虚無だ。限りのない孤独だ――一生、出口などないのだ」。ああ！　たったひとつの可能な仕草を、ベルナールがしてくれることはないだろう。彼が何も尋ねないで、両腕を広げてくれたなら！　人の胸に顔をうずめることができたなら、生きている人間の体に身を寄せて泣くことができたなら！

ある暑い日に、ジャン・アゼヴェドが腰を降ろした畑の土手が見える。自分のことを理解し、賞賛し、愛してくれるような人たちに囲まれて、花開くことができたかもしれない場所がこの世界のどこかに存在すると、信じこんだとは！　しかし、孤独は、ハンセン病患者に対する膿以上にぴたりと自分に張りついている。「誰もわたしのためには何もできない。わたしを害するためにも何もできない」

「旦那様とクララ様がお迎えに出ています」

バリヨンが、手綱を引く。影がふたつ、進みでる。ベルナールは、まだとても体が弱っていたが、彼女を迎えに出てきていた――一刻も早く安心させてもらいたかったのだ。彼女は腰を浮かせて、遠くから告げる。「免訴よ！」「わかりきったことさ」という以外の返事は何もない。ベルナールは、伯母が馬車によじ登る手助けをして、手綱を取った。バリヨンが歩いて帰ることになる。クララ伯母が夫婦の間に座った。すべてうまくいったと彼女の耳に叫ばなければならなかった（それに彼女は、この事件について、漠然とした知識しか持っていなかった）。耳の不自由なこの女性は、いつものように、息を切らせて話しだした。〈あいつら〉のやり口は、いつも同じだった、ドレフュス事件がまた始まったのだと彼女は言った。「中傷せよ、中傷せよ、そうすれば必ず何か残るだろう」。〈あいつら〉は、そうとう手ごわいから、共和主義者たちが、警戒の手を緩めているのは間違いだ。「あいつらに少しでも息をつかせてしまうと、あの悪臭を放つ獣たちは、飛びかかってくるよ……」このおしゃべりのおかげで、夫婦はまったく言葉を交わさずにすんだ。

クララ伯母は、息を切らせながら、ろうそく立てを手に、階段を上った。

「あなたたちは寝ないの？　テレーズは、へとへとになっているはずよ。寝室に、カップに入れたスープと、コールドチキンが置いてありますからね」

しかし、夫婦は玄関に立ったままだった。老婦人には、ベルナールが客間のドアを開けて、テレーズを先に通し、彼女に続いて姿を消すのが見えた。もし不自由でなかったら、耳をドアにくっつけたことだろう……しかし、彼女を警戒する必要はなかった。生きたまま壁に塗りこめられているのだ。彼女はそれでもろうそくを消して、手探りで階段を降り、鍵穴に片眼を当てた。ベルナールがランプの位置をずらしていた。彼の顔が鮮やかに照らしだされていて、怖気づいているようにも、威厳があるようにも見えた。伯母には座っているテレーズの背中が見えた。コートと縁なし帽が、肘掛椅子の上に脱ぎ捨ててあった。火にあたった彼女の濡れた靴から、湯気が上がっていた。一瞬、彼女が夫の方へ顔を向けた。テレーズが微笑んでいるのが見えて、この老婦人は喜んだ。

テレーズは、微笑んでいた。厩と家とを隔てるわずかな空間をベルナールと並んで歩いたわずかな時間で、突然、彼女には何をするのが重要なことなのかわかった、わかった気がした。この男が近くに来ただけで、自分のことを説明したり胸の内を打ち明けたりする希望が無に帰してしまった。いちばんよく知っている人たちが眼前にいなくなるや否や、どれほど私たちは彼らの姿を歪めてしまうことか！　この移動の間ずっと、知らず知らずのうちに、彼女のことを理解し、理解しようとすることのできる人間にベルナールを作り直すように努めていたのだ――しかし、一目見ただけで、あるがままの彼が姿を現わした。人生の中でたった一度でさえ、他人の立場に身を置いたことのない男であり、自分の外へ出て、相手に見えているものを見ようとする努力を知らない男だ。じっさいのところ、ベルナールは話だけでも聞いてくれるだろうか？　彼は、天井の低い、湿った大きな部屋の中を大股で歩きまわっていた。すると、ところどころ腐っている床板が、彼の足の下できしんだ。彼は妻を見ていなかった――だいぶ前から入念に準備していた言葉で、頭がいっぱいだった。そしてテレーズもまた、自分が何を言おうとしているのかわかっていた。いちばん簡単な解決策だ。私たちがまったく思いつかないのは、いつもそれだ。彼女はこう言うつもりだった。「ベルナール、わたしは姿を消すわ。わたしのことは心配しないで。今すぐにでも、もしお望みなら、夜の闇に分け入るつもりよ。森は怖くない。闇だって。森も闇もわたしのことを知っているから。旧知の仲なのよ。わたしは、この渇いた地方に似せて創られた。渡り鳥や、遊動性のイノシシのほかには、何も生きていないところだわ。わたしのことは、捨てさってくださってけっこう。わたしの写真はすべて焼いて。わたしの娘にさえ、もうわたしの名前がわからないようにして。家族の眼に、わたしなどまったく存在しなかったかのようにしてね」

すでにテレーズは口を開いている。彼女は言う。

「姿を消させて、ベルナール」

彼女の声がしたので、ベルナールは振りかえった。部屋の奥から、駆けよってくる。顔の血管が浮きでている。彼はつかえながら言う。

「何だって？ 意見を言うつもりなのか？ 希望を述べるつもりか？ たくさんだ。それ以上は一言も言うな。私の命令を聞いて受け取りさえすればよいのだ——私の最終決定に従えばよいのだ」

彼はもう、つかえてなどいない。今は、入念に準備した文言が口をついてでている。暖炉によりかかって、重々しい口調で自分の意見を表明し、ポケットから一枚の紙を取りだして、それを参照している。テレーズはもう恐くない。彼のことなどあざ笑っている。グロテスクだ。彼がこの下劣な訛りで言っていることなどどうでもよい。サン＝クレール以外の場所であればどこへ行っても失笑を買うだけだ。自分は出ていこう。なぜ、こんな芝居がかったことをするのか？ このばか者が死んで、生きている人間の数が減ることなど、どんな重要性も持たなかったはずだ。紙を震わせる彼の指の爪の手入れの悪さが眼にとまる。カフスはつけていない。自分の巣穴から出たら滑稽に見える田舎者のひとりなのだ。彼の生命など、どんな大義や、どんな思想、どんな存在にとっても、重要ではないのだ。人は習慣によって、ある人間が生きていることに無限の重要性を付与するのだ。ロベスピエールは正しかった。そしてナポレオンや、レーニンも……彼女が微笑んでいるのを見て、彼は激昂し、声を荒げる。彼女は耳を貸さざるをえない。

「私は、あんたを押さえている。わかるか？ 家族で決まったことに従うのだ。さもなければ……」

「さもなければ……何なの？」

彼女はもう無関心を装おうとは考えなかった。挑むような嘲るような口調になっていた。彼女は声を高めた。

「遅すぎたわね！ あなたはわたしが有利になるように証言したのよ。今さら前言を翻すことなどできやしない。偽証罪に問われることになるわよ……」

「新事実の発見というのは、いつだってありうることさ。まだ公表していないその証拠が、私のライティングデスクにしまってある。時効にはかからないしな、ありがたいことさ！」

彼女が震えあがって、尋ねた。

「わたしをどうするつもり？」

彼がメモを参照する。そのわずかな時間に、テレーズは、アルジュルーズの並外れた静寂に注意を向けている。雄鶏たちの鳴く時刻はまだ遠い。この砂漠には生命の水はまったく流れていない。無数の梢を揺らす風もまったくない。

「私は自分個人の思惑に負けたりはしない。私などは物の数に入らない。家族だけが重要なのだ。家族の利益という観点からいつも私はすべてを決めてきた。家族の名誉のために、祖国の司法を欺くことにも同意したのだ。神が裁いてくださるだろう」

このもったいぶった口調がテレーズには苦痛だった。もっと簡素に自分の意見を表明するようにお願いしたいくらいだった。

「家族にとって大事なのは、私たちがしっかり結ばれていると世間が信じ、世間の眼に、私があんたの無実を疑っていないように見えることなのだ。その一方で、私はできる限り、自分を守ろうとしている」

「わたしが恐いの、ベルナール？」

彼は小声で言った。「恐い？　いいや、ぞっとするんだ」。それから続ける。

「早く済ませよう。言うべきことはすべて言って、これっきりにしよう。明日、私たちはこの家を出て、隣のデスケルーの家に住むことにする。あんたの伯母が私の家に来るのは遠慮してもらう。食事は、部屋にバリヨンの女房に運ばせる。ほかの部屋はすべて立ち入り禁止とする。しかし、森を駆けまわることをとやかく言いはしない。日曜日には、サン＝クレールの教会の大ミサに、一緒に出席する。あんたが私の腕を取っているところを見せつけなければならない。そして、毎月第一木曜日には、幌を上げた馬車で、いつもそうしてきたように、Bの市や、あんたのお父さんのところに行くことにする」

「それで、マリは？」

「マリはお手伝いさんと一緒に明日サン＝クレールに発つ。それから母が、彼女を南仏に連れていく。健康上の理由を考えだすことにする。まさか、娘を残しておいてもらえるなどと思ってはいなかっただろうな？　娘もまた安全な場所に置かなければならないのだ！　私が死んだら、娘が二十一歳になった時に、土地を相続するのだから。夫のあとは、子供だ……そうじゃないのか？」

テレーズは立ちあがった。叫ぶのはこらえる。

「それではあなたはそんなふうに思っているのね、松のせいでわたしが……」

このばか者はつまり、彼女の行為の無数の秘密の源泉のうちの、どれひとつとして発見することができなかったのだ。そしてもっとも卑しい理由を考えだすのだ。

「もちろん、松のためさ……どうしてそうなるのかって？　消去法でいけばわかることさ。ほかの動機を挙げられるものなら挙げてみろ……でもまあ、そんなことは重要ではないし、もう私には興味のないことだ。私はもう自分に問うことはしない。あんたはもう無に等しい。存在するのは、あんたが名乗っている名前だよ、まったくな！　何か月かして、世間が私たちの仲に問題がないと納得してしまえば、アンヌがドギレムの息子と結婚してしまえば……あんたも知っているだろうが、ドギレム家が、待ってほしいと言ってきている。考えてみたいのだそうだ……うまくまとまった時に、私もやっとサン＝クレールに落ちつくことができる。あんたは、ここに残るのだ。神経衰弱みたいなことにしておく……」

「頭がおかしい、というのはどう？」

「だめだ。それではマリが不利益をこうむる。しかし、もっともらしい理由には事欠かないさ。

以上だ」

テレーズがつぶやく。「アルジュルーズで……死ぬまで……」彼女は窓に近づいて、窓を開けた。ベルナールは、その瞬間に、本物の喜びを味わった。いつも自分をびくびくさせ、辱めていたこの女の首ねっこを、今晩ついに押さえたのだ！　この女も、いかに自分が蔑まれているか、感じているはずだ。彼は自分が節度を保っていることに誇りを感じていた。ラ・トラーヴ夫人が、あなたは聖人だと繰りかえしたものだ。家族のみなが、自分のことを立派な心の持ち主だと褒めたたえていた。彼も初めて、その立派な心を感じていた。病院で、テレーズの仕業が細心の注意を払って彼に明かされた時、彼が冷静だったことは、おおいに賞賛されたが、彼にはほとんど努力を要しないことだった。愛することのできない人間には本当に深刻なことなど何もない。ベルナールには愛情がなかったので、大きな危険が過ぎさった時の、あの震えるような喜びを味わっただけだった。何年も知らず知らずのうちに、猛々しい狂人と親密に暮らしていたことを知らされた男なら、そんな感じがすることだろう。しかし、その晩、ベルナールは自分の力を感じていた。彼は人生を支配していた。正しい考え方をする、まっすぐな精神には、克服できない困難などないことに感心していた。このような嵐の翌日でさえ、自分の過ちによらなければ、決して不幸になることはないという自説は揺らいでいなかった。惨劇の最悪のものでさえも、ほかのどんな事件とも変わることなく、かくのごとく〈解決〉してみせたのだ。人に知られることはほとんどないだろう。体面は保たれるだろう。もう気の毒がられたりもしないだろう。気の毒がられるのはまっぴらだ。打ち負かすことができるなら、怪物と結婚したことの、どこに屈辱的なところがあろうか？　それに、独り者の生活も悪くはない。そして死にかけたことで、土地や狩猟や、自動車、食べるものや飲むもの、つまりは生きることに対して抱いている意欲が、素晴らしく高まったのだ！

テレーズは窓の前に立ちつくしていた。白い砂利が少しばかり眼に入った。柵で羊の群れから守られている菊の匂いがした。その向こうでは、カシの木々の黒い塊が松林を隠していた。しかし松脂の匂いが夜を満たしていた。眼に見えないがすぐ近くにいる敵の軍隊のように、松林が家を取り囲んでいることがテレーズにはわかっていた。この監視人たちの、こもったうめき声に耳を澄ます。彼らが、幾冬もの間自分が憔悴し、灼熱の日々には息もたえだえになるところを目撃することになるのだ。彼らが、そのようにゆっくりと自分が窒息していくことの証人となるのだ。彼女は窓を閉めて、ベルナールに近づく。

「それでは、わたしを力づくで引きとめておけると思っているの？」

「好きにするがいいさ……だがな、これだけは肝に銘じておけ。ここから出ていくのは、手錠をはめられた時だけだぞ」

「何て大げさなの！　あなたのことくらいわかっているわ。じっさいよりも悪人ぶらないで。家族をそんな恥辱にさらすはずがないわ！　ぜんぜん平気よ」

そこで、彼はすべてをよく吟味しておいた男として、出ていくことは自分に罪があったと認めることになると、彼女に説明した。その場合、家族にとって、不名誉を避けようと思ったら、公衆の面前で壊疽にかかった手足を切断して投げ捨て、否定するしかないのだ。

「母は、最初からその選択肢を取るべきだとさえ望んでいたのだ。わかるか！　私たちは、司法が行くところまで行くのに任せようとしていたのだ。もし、アンヌとマリのことがなかったなら……だが、まだ時間はある。急いで返事をしなくてもよい。朝まで待ってやる」

テレーズが、小声で言った。

「わたしにはまだ父がいるわ」

「お義父さんか？　だが、私たちは完全に意見が一致しているのだ。お義父さんには、お義父さんのキャリアや政党や自分が表明する思想がある。何とかしてスキャンダルを揉み消すことしか考えていないさ。せいぜい、あなたのためにしてくれたことに感謝することだな。予審がぞんざいに済まされたのも、ひとえにお義父さんのおかげなのだから……それにしても、お義父さんが、自分の断固たる意志を伝えてくれることになっていたのだが……違うのか？」

ベルナールはもう声を張りあげなかった。ほぼ慇懃な態度に戻っていた。いくらかでも同情を感じたからではない。そうではなくて、もう息をする音も聞こえてこないこの女が、ついに屈服したからだ。自分の本当の居場所に収まったのだ。すべてが秩序を取りもどしつつある。ほかの男だったら、あんな衝撃を受けたにもかかわらず、幸福で居続けることなどできなかったことだろう。ベルナールは、このように立ち直ることができて、得意だった。誰にでも間違えることはある。そもそもテレーズに関しては誰もが間違えたのだ――ふだんは、即座に周囲の人を見さだめてしまうラ・トラーヴ夫人までもが。今では、誰もが規範をあまり尊重しなくなっているからなのだ。テレーズが受けたような教育が危険だとはもう考えられていない。おそらく怪物なのだろうが、それでも、今さら言ってみても始まらないが、もし彼女が神を信じていたら……叡智は、恐れから始まるのだから。そのように、ベルナールは思いを巡らせていた。そしてまた、彼らの恥を堪能しようと待ちかまえている町の人たちが、日曜ごとに、これほど仲睦まじい夫婦を目にしては、さぞかし落胆することだろう！　と考えた。日曜になって、あいつらがどんな顔をするのか見るのが待ちきれないくらいだ！……だからといって、いささかも正義が損なわれることにはならないのだ。彼はランプを手にした。腕を高く挙げると、テレーズのうなじが照らしだされた。

「まだ上に行かないのか？」

彼女には聞こえなかったようだった。彼女を暗い中に残して、外に出た。階段の下の方の一段目に、クララ伯母がうずくまっていた。この老婦人が彼をじっと見つめたので、彼は努力して微笑み、彼女の腕を取って立ちあがらせようとした。しかし、彼女は抵抗した——瀕死の飼い主のベッドにくっついて離れない老犬だった。ベルナールは、タイル張りの床の上にランプを置き、テレーズはもうだいぶ気分がいいのだけど、眠りに行く前にしばらくひとりでいたがっているのだと、老婦人の耳元で叫んだ。

「あなたもご存じの、いつもの気まぐれですよ！」そのとおりだ。伯母にもわかっていた。この若い女性がひとりでいたい時に運悪くテレーズの部屋に入るのが、彼女のつねだったのだ。この老婦人には、ドアをわずかに開けただけで、自分がうるさがられていると感じることがしばしばあったのだ。

彼女は努力して立ちあがり、ベルナールの腕に寄りかかって、大きな客間の上に位置する彼女の部屋に戻った。ベルナールは、彼女について部屋に入り、テーブルの上にあるろうそくに火をつける気配りを見せた。それから彼女のひたいにキスをして、遠ざかった。伯母は彼から眼を離さなかった。話声が聞こえないとはいえ、人々の表情に、彼女の読み取れないものなどあるだろうか？彼女は、ベルナールが自分の部屋に戻るだけの時間を置いて、ゆっくりとまたドアを開く……しかし彼がまだ踊り場にいて、手すりに寄りかかっている……煙草を一本巻いているのだ。彼女は慌てて部屋に戻る。脚ががくがく震え、息が切れて、服を脱ぐ力もないほどだ。彼女は、両眼を開いたまま、ベッドの上に横になっている。

# 第十章

テレーズは、客間の暗い中に座っていた。灰の下の薪の燃えさしに、まだ火が残っていた。身じろぎもしなかった。記憶の奥底から、手遅れになった今になって、移動の間に準備したあの告解の断片が浮かびあがってきた。だが、それを使わなかったからといって、なぜ自分を責めるのか？本当のところ、あまりにうまく組み立てられたあの話は、現実から乖離していた。若いアゼヴェドの話にあんな重要性を与えていい気になっていたなんて、まったく愚かだった！あたかも、あんな話に、いささかでも価値があったかのように！違う、あんなことではない、自分は深遠な法則に、峻厳な法則に従ったのだ。この家族を破壊するに至らなかったのだから、自分が破壊されることになるのだ。あの人たちが、わたしを怪物だと見なすのは当然だ。だけど、わたしだって彼らが怪物的だと考える。何も外に洩れでることのないように、ゆっくりと順序立てて、わたしを消滅させていくのだ。「わたしに向けて、これからは、この家族の強力な機械仕掛けが作動することになる――それを食いとめたり、まだ間に合ううちに歯車から外へ出ることもできなかったのだから。『あの人たちだから、わたしだから……』という以外の理由など探すまでもない。仮面を被り、体面を取り繕って、自分を偽ること、二年足らずの間わたしにやり遂げることのできたそうした努力を、(わたしと同類の)ほかの人たちの中には、死ぬまで辛抱してそれをやり続ける人もいるのだ。おそらく慣れることで救われ、習慣によって眠らされて、頭の働きが鈍って、母性的で絶大な力を持つ家族のふところで眠りこむのだ。だけどわたしは、わたしは、わたしは……」

彼女は立ちあがって、窓を開け、夜明けの冷気を感じた。どうして逃げださないのか? この窓をまたぐだけでよい。追いかけてくるだろうか? ふたたび、司法の手に引きわたされるだろうか? やってみる価値はある。この終わることのない断末魔の苦しみよりは、何だってましだ。テレーズははやくも肘掛椅子を引きずって、十字形の枠のある窓に押しつけている。しかし、彼女にはお金がない。何千という松を所有していても詮のないことだ。ベルナールが間に入らなければ、一銭たりとも手にすることができないのだ。ランドを横ぎって、奥深く入りこむ方がよいのだ。子供の時のテレーズがおおいにあわれみを感じたあの追いつめられた殺人犯、ダゲールがそうしたように(アルジュルーズの台所で、バリヨンの女房が憲兵たちにワインを注いでいたことをテレーズは思い出す)——そして、このあわれな男の足跡を見つけたのは、デスケルー家の犬だった。松林の下生えの草の中で、半ば飢え死にしかけていたところを捕縛されたのだ。テレーズには、わらを運ぶ荷車の上の、縛られている彼が見えた。カイエンヌに着く前に船の上で亡くなったという話だった。一隻の船……流刑地……あのように言ってはいたが、自分を引きわたすことなどできないのではないか? ベルナールが握っていると断言したあの証拠は……おそらく嘘だ。あるいは、あの古い袖なしマントのポケットに、あの毒物の包みを見つけたのかもしれない……

テレーズは、そのことをはっきりさせようとする。彼女は手探りで階段を上りはじめる。高いところにある窓ガラスを照らす夜明けの光のおかげで、上るにつれてはっきり見えるようになる。屋根裏の踊り場に、古い衣類の吊りさがった衣装ダンスがある――狩猟の間、役にたつので、人にあげたりは絶対にしないのだ。この色あせた袖なしマントには、深いポケットがある。クララ伯母も人里離れた「狩猟小屋」で、モリバトを待ちぶせしていた頃には、そこに編み物を入れていた。テレーズはそこに手を滑りこませ、蝋で封印された包みを引っぱりだす。

クロロホルム：三十グラム
アコニチン　顆粒：二十番
ジギタリン　溶液：二十グラム

彼女はこうした単語や数字をふたたび読む。死ぬこと。死ぬことをずっと恐がってきた。大事なのは死を正面きって見すえないことだ――ただ、不可欠な動作だけを予測するのだ。水を注ぎ、粉末を溶かし、一気に飲みほして、ベッドに横になり、眼を閉じること。それ以上は何も見ようとしないこと。どうしてこの眠りが、ほかのどんな眠りよりも恐いのか？　震えているのは、早朝で寒いからだ。彼女は、階段を降りて、マリの眠っている寝室の前で立ちどまる。使用人の女性が、獣がうなるように、中でいびきをかいている。テレーズはドアを押す。鎧戸から夜明けの光が洩れている。鉄の狭いベッドが、闇の中で白くなっている。ひどく小さいふたつのこぶしがシーツの上に置かれている。まだ形の定まらない横顔が、枕に沈みこんでいる。この大きすぎる耳には見覚えがある。自分と同じ耳だ。人が言うとおりだ。自分の生き写しがここで、ぐっすりと眠りこんでいるのだ。「わたしは出ていく——しかし、わたし自身のこの一部分は残り、あの運命がすべて最後まで遂行されていくのだ。どんな些細な点も省かれることはないだろう」。性癖、好み、血の法則、抗うことのできない法則。テレーズは、絶望した人たちが子供を道連れにして死ぬという記事を読んだことがあった。善良な人たちの手から新聞が滑りおちる。「どうしたらこんなことができるのか?」自分は怪物なのだから、そんなことができるし、平気で……とテレーズは深く感じる。彼女は跪き、唇でかすかに小さな手に触れる。自分の存在のもっとも奥深いところから湧きだし、眼に達し、頬を焼くものに驚く。何滴かのあわれな涙。泣いたことなど一度もない自分が!

テレーズは立ちあがり、もう一度子供を見て、ようやく自分の部屋に戻ると、コップに水を満たし、蝋の封を切り、三つの毒の包みの間でためらう。

窓が開いていた。雄鶏たちに引き裂かれたような霧の半透明の切れ端が、松の木々の枝の間に引っかかっていた。夜明けの光に浸された田野。どうやってこれだけの光を諦めるのか? 死とは何なのか? 死が何であるのかはわかっていない。テレーズには、虚無であるという自信がない。テレーズには、そこに誰もいないという絶対的な確信がない。テレーズは、こんな恐怖を感じる自分を憎む。他人をそこへ突きおとすことをためらわなかった自分が、虚無を前にして立ちすくむとは。自分の臆病さが何と屈辱的なことか! あの〈存在〉が存在するなら(そして耐えがたく暑かった聖体祭や、金の祭服に押しつぶされていた孤独なあの男、そして彼が両手で持っていたあの物、そして動いていたあの唇、そしてあのつらそうな様子が、一瞬、彼女の眼に蘇る)、手遅れになる前にこの罪深い手を逸らせてほしい——そしてもしこの盲目なあわれな魂が向こう側へ渡ることがその意志であるならば、少なくとも愛とともに、自分の創造物であるこの怪物を迎えいれてほしい。テレーズは、水の中にクロロホルムを注ぐ。その名前には、ほかのものよりもなじみがあり、眠りのイメージを呼びおこすので、それほど恐さがない。急がなければ！ 家が目覚めつつある。バリヨンの女房がクララ伯母の部屋の鎧戸を開けた。耳の不自由な伯母に何を叫んでいるのか？ いつもなら、あの女は、唇の動きで理解してもらうことができるのだ。ドアが音を立て、慌てた足音がする。テレーズには、テーブルにショールをかけて、毒物を隠すだけの時間しかない。バリヨンの女房がノックをせずに入ってくる。

「伯母さまがお亡くなりになりました！ ベッドの上で、着替えもせずにお亡くなりになっていました。もう冷たくなっていました」

信心がなかったこの老婦人の指の間に、それでもロザリオが、胸にはキリストの十字架像が置かれた。小作人たちが入ってきて、跪き、出ていくが、ベッドの足元の方に立っているテレーズを長い間じっと見つめない者はいなかった（「わかったものではない。これもあの女の仕業ではないのか？」）。ベルナールは家族に知らせ、もろもろの手続きを済ませるためにサン＝クレールに行った。この出来事が、ちょうどいい時に起こって、関心を逸らせてくれると考えたに違いない。テレーズは、この体を、死の中に身を投じようとした瞬間に彼女の足元に横たわったこの忠実な年老いた体を見つめる。たまたまだ。偶然の一致だ。もし誰かが特別な意志について語ったら、肩をすくめることだろう。人々は、互いに言う。「見たかい？　涙を流す振りさえしないよ！」テレーズは心の中で、もうそこにはいない女性に語りかける。生きること、だが、自分を憎む人たちの手の間で、死体のように生きること。それ以上は何も見ないようにすること。

葬儀では、テレーズは自分の場所を占めた。次の日曜日に、彼女はベルナールと一緒に教会に入った。彼は、いつものように側廊を通るかわりに、これ見よがしに、身廊を横ぎった。テレーズは、義理の母と夫の間の席に着くまで、喪のヴェールを上げなかった。一本の柱のおかげで、彼女の姿は参列者の眼に入らなかった。正面には、内陣のほかには何もなかった。すっかり包囲されていた。背後には参列者たち、右側にベルナール、左側にラ・トラーヴ夫人。そして、闇から出ていく雄牛にとっての闘牛場のように、前方だけが彼女に対して開かれている。がらんとしたこの空間。そこではふたりの子供の間に、変装したひとりの男が、ささやきながら両腕を少し広げて立っている。

# 第十一章

ベルナールとテレーズは、その晩、何年もの間ほとんど誰も住んでいなかったアルジュルーズのデスケルーの家に戻った。暖炉から煙が出て、窓がよく閉まらなかった。そしてネズミが齧ってしまったドアの下から、風が吹きこんだ。しかし、この年の秋はとても天気がよかったので、最初のうちは、テレーズもこうした不都合が苦にならなかった。狩猟のために、ベルナールは晩まで帰ってこなかった。帰ってきたかと思うと、台所に腰を据えて、バリヨン夫妻と夕食を取った。テレーズの耳に、フォークの音や単調な話し声が聞えてきた。十月の夜は更けるのが早い。隣の家から持ってきてもらった何冊かの本は、読みふるしたものばかりだった。ボルドーのなじみの書店に注文を出してほしいという彼女の頼みを、ベルナールは返事もせずに放っておいた。ただ煙草の備蓄を補給することだけを許してくれた。火を掻きたてる……しかし、樹脂を含むくすぶった煙が、眼に焼けるような痛みを与え、すでに煙草で傷んでいた喉をひりひりさせた。手早く済ませた食事の残りをバリヨンの女房が下げるとすぐに、テレーズはランプを消して横になった。どれだけの時間、眠りが解放してくれるのを待って横になっているのか？ アルジュルーズの静寂のせいで、眠ることができない。風のある夜の方がまだいい――梢の放つこの際限のない嘆き声には、人間的な優しさがある。テレーズは、そのあやすような声に身を任せる。彼岸の荒れた夜の方が、静かな夜よりも眠りにつきやすいのだ。

夜の時間が彼女には果てしなく長く思われたのだが、それでも夕暮れ前に家に帰ることがあった。彼女の姿を見て、子供の手を引いて、荒々しく小作農家の中へ引っぱりこむ母親がいたり、名前を知っている牛飼いが、彼女の挨拶に答えなかったりしたのだ。ああ！ 人の多い都会のもっとも奥深いところに紛れこみ、溺れることができたらどんなに良かったことか！ アルジュルーズには、彼女の伝説を知らない羊飼いなど、ひとりもいなかった（クララ伯母の死さえ彼女のせいにされていた）。敷居をまたぐ気になる家など一軒もない。人眼につかないドアから家を出て、家のあるところを避ける。荷車の揺れる音が遠くから聞こえるだけで、彼女はもう横道に逃げこんだ。追われている野禽のように心を不安でさいなまれて、彼女は速足で歩き、松林の下草に横になって、自転車が通りすぎるのを待つのだった。

日曜日のサン＝クレールのミサでは、彼女はこうした恐怖を感じなかった。いくらか気を休めることができた。町の人たちの見解の方が好意的なように思われた。父親やラ・トラーヴ家の人たちが、ショックで死にかけた、罪のない被害者の相貌のもとに彼女を描きだしていることは知らなかったのだ。「あのかわいそうな人が、あそこから立ち直れないのではないかと私たちは心配しています。誰にも会いたがりませんし、医者が逆らってはいけないと言うのです。ベルナールが彼女を暖かく支えていますが、精神が侵されていては……」

十月の最後の夜、猛り狂った風が、大西洋から吹いてきて、長い時間、木々の梢を責めさいなんだ。テレーズは、半分うとうとしながら、この大洋の音に注意を払っていた。しかし、夜明けに彼女が眼を覚ましたのは、それと同じ嘆き声のせいではなかった。鎧戸を押し開けたが、部屋は暗いままだった。細かな篠突く雨が、付属する建物の瓦屋根やカシの木々のまだ密生した葉叢の上を流れていた。ベルナールはその日、外出しなかった。テレーズが煙草を吸い、それを放りだし、踊り場に出ると、一階の部屋から部屋へと夫が歩きまわっている音が聞えた。パイプの匂いが寝室にまで入りこんできて、テレーズのブロンド煙草の匂いを制圧した。テレーズは、以前の自分の生活の匂いを認めた。天候の悪い季節の最初の日……火の消えかかったこの暖炉のかたわらで、どれだけそんな日々を生きなければならないのだろうか？　部屋の四隅では、カビのせいで壁紙がはがれていた。壁には、サン＝クレールの客間を飾るためにベルナールが持ちさった何枚かの古い肖像画の跡や――もう何もかかっていない錆びた釘がまだ残っていた。暖炉の上では、まがいのベッコウの三枚入る写真立ての中で、写真に映しだされている死者たちが二度目の死を死んだかのように、写真が色褪せていた。ベルナールの父親と祖母と、「エドワード王子風の髪型」[21]をしたベルナールとである。まだこの部屋で生きなければならないこの一日、それからこの何週間もの日々、何ヶ月もの日々……

夜になろうとしていたので、テレーズはもうがまんできずに、そっとドアを開けて、下に降り

21　ポール・ドラロッシュ（一七九七―一八五六）のエドワード五世を描いた絵から想を得た、おかっぱ風の髪型。

て、台所に入った。ベルナールが火の前の低い椅子に座っているのが見えた。彼が急に立ちあがった。バリヨンが銃の掃除を中断した。バリヨンの女房の手から編み物が落ちた。三人がそろって彼女を唖然とした表情で見つめたので、彼らに尋ねた。

「わたしのことが恐いの？」

「台所に近づくことは禁じてある。知らないのか？」

彼女は何も答えずに、ドアの方へ後ずさりした。ベルナールが彼女を呼びもどした。

「ちょうどいい機会だから……言っておくが、私がここにいる必要はもうない。私たちはサン＝クレールに同情的な雰囲気を作りだすことができた。あなたは神経衰弱気味だと信じられている。あるいは信じている振りをしているのかもしれないが。あなたがひとりで暮らしたがっていて、私がたびたび会いにくることになっている。今後は、ミサには出なくてよい……」

彼女は「ミサに行くことはぜんぜん嫌ではない」と口ごもった。彼女の娯楽など大事ではない、と彼は答えた。求めていた結果は得られたのだから。

「それにミサはあなたにとって、何の意味もないのだし……」

彼女は口を開き、何か言いかけたように見えたが、言葉は出てこなかった。こんなに早く得られた思いもよらない成功を危うくするような言動は、絶対に慎むようにと、彼は念を押した。彼女は、マリがどうしているか尋ねた。元気でやっている、明日にはボリユーに向けてアンヌとラ・トラーヴ夫人と一緒に出発することになっていると彼は言った。彼自身も、何週間かそこに行って過ごすつもりだ。せいぜい二ヶ月だが。彼はドアを開けて、テレーズを通した。

暗い夜明けに、バリヨンが馬を繋ぐ音が聞こえた。さらにベルナールの声や、馬が足踏みする音がしてから、馬車の揺れる音が遠ざかっていった。そして、瓦屋根の上に、曇った窓ガラスの上に、人気のない畑の上に、百キロにわたるランドや沼地の上に、流動する砂丘の最後の列の上に、大西洋の上に、降りしきる雨。

テレーズは、吸い終わった煙草で、次の煙草に火をつけた。四時頃に、彼女は「防水加工したレインコート」を着て、雨の中へ入っていった。夜が恐くなって、部屋に戻った。火が消えていて、身震いがしたので、横になった。七時頃、バリヨンの女房がハム・エッグを持ってきたが、テレーズは食べることを拒んだ。こうした脂っこい味にはいいかげん胸がむかむかする！　脂漬けやハムばかりだ。バリヨンの女房は、これ以上のものはお出しできないと言った。ベルナール様が、家禽は禁じていかれたのだ。彼女は、テレーズのせいで意味もなく階段を上り下りしなければならないことに不平を洩らした（心臓が悪くて、脚がむくんでいたのだ）。この仕事は自分にはもう重すぎる。それをするのは、ほかならぬベルナール様のためだからだ。

テレーズは、その夜、熱を出した。そして、奇妙に冴えわたった頭で、パリでの生活をひととおり組み立てた。行ったことのあるブローニュの森のレストランが眼に浮かんできた。しかし、ベルナールではなく、ジャン・アゼヴェドや若い女性たちと一緒だった。ベッコウのシガレットケースをテーブルに置いて、アブドゥラ煙草[22]に火をつけた。口を開いて、胸の内を説明した。楽団が、音を弱めて演奏していた。輪になった注意深い顔を、彼女が魅了していた。しかし、誰も驚いてなどいない。ひとりの女性が言った。「わたしも同じです……わたしもまた、そのことは感じたことがあります……」文学者の男が彼女を脇に呼んだ。「あなたの中で起こっていることをすべてお書きになるべきです。現代の一女性のその日記を私たちの雑誌に掲載することにします」。彼女が原因で苦しい思いをしているひとりの若い男が、彼女を自分の車で送っていった。彼らはブローニュの森の大通りをふたたび上っていった。左側に座っている、この取り乱した若い男の体を、心を乱されることもなく、楽しんでいた。「今晩はだめね」と彼に言った。「今晩は、女友だちのひとりと夕食を取るの」。「それでは明日の夜は？」「それもだめだわ」。「あなたの夜はいつもふさがっているのですか？」「ほとんどいつも……つまり、いつもってことかしらね……」

彼女の生活の中に、ひとりの人が存在している。その人がいるおかげで、残りのすべての人が取るに足りないものに思われる。周囲の仲間も誰も知らない人だ。とても控えめで、まったく名前の知られていない人。しかし、テレーズの全存在が、彼女の目にだけ見えるこの太陽のまわりを回っていて、ただ彼女の肉体だけがその暖かさを知っている。松林を吹く風のように、パリがうなっている。自分の体にぴったりとくっついたこの体のせいで、それがどんなに軽くても、息をすることができない。しかし、それを遠ざけるよりは、息ができなくなる方がよい（そしてテレーズは抱きしめる仕草をする。自分の右手で左肩を握りしめる――そして左手の爪が右肩に食いこむ）。

彼女は素足で起きあがり、窓を開ける。暗闇は冷たくはない。しかし、雨の降りやむ日が来るなどと、どうしたら想像できようか？　世界の終わりまで、雨が降るだろう。もしお金があれば、パリに逃げだして、まっすぐジャン・アゼヴェドのところへ行き、彼に身を託すのだが。彼なら仕事を見つけてくれるだろう。パリで、ひとりで暮らす女性になること。自分で生活費を稼ぎ、誰にも頼らない……家族のいない身になること！　自分の心の言うがままに、自分の「身内」を選ぶこと——血縁によってではなく、精神によって、そして肉体も考慮して選ぶのだ。どんなに稀少で、どんなに散り散りになっていようとも、真実の身寄りを見つけだすのだ……彼女はやっと眠りこんだ。窓が開いたままだった。冷たい湿った夜明けに、眼が覚めた。歯ががたがた震えたが、立ちあがって窓を閉める勇気が出なかった——腕を伸ばして、毛布を引っぱることさえできなかった。

その日、彼女は起きあがらなかった。顔も洗わなかった。煙草を吸うために、脂漬けの肉を何口か飲みこんで、コーヒーを飲んだ（空腹だと、彼女の胃は、もう煙草を受けつけなかったのだ）。夜に想像したことをふたたび見いだそうとした。そもそも、アルジュルーズでは、夜と同じようにほとんど物音がしなかったし、午後になっても、ほとんど夜と同じように暗かった。一年でもっとも日の短いこうした日々には、濃密な雨のせいで、いつも同じ天候となり、時間の区別がなくなるのだ。ある日の夕暮が、不動の静寂の中で、別の日の夕暮と一緒くたになる。しかし、テレーズは眠りたがらなかった。彼女の夢想は、そのために、いっそう明確になった。一定の方法に従って、忘れていた顔や、遠くから好ましく思った口や、たまたまの出会いや夜の偶然によって無垢な彼女の体に接近した、区別のつかない体をいくつも過去の中に探した。彼女は、ひとつの幸福を組み立

22　トルコやエジプトで人気のあった東方の煙草。モーリヤック自身も吸っていた。

てた。ひとつの喜びを考えだした。彼女はあらゆる部品から、ひとつの不可能な愛を作りあげた。

「あの人はもうベッドを離れないし、脂漬けの肉とパンは残している」。――それからしばらくした時に、バリヨンの女房が夫に言った。――「だけど、誓ってもいいけど、ワインなら一本すっかり空にしてしまうよ。あの性悪女は、与えれば与えるだけ飲むことだろうよ。おまけに、煙草でシーツを焦がしてしまう。しまいには、火事を起こしてくれるだろうよ。吸いすぎで、指と爪が黄色くなっている。まるでアルニカチンキに浸けたみたいさ。とんだ災難だね！この土地で織られたシーツなんだから……見てるがいい、そうそう交換なんかしてやるもんか！」

彼女はさらに、部屋を掃除したり、ベッドを直したりすることを自分が拒んでいるわけではないのだと言った。しかし、あのぐうたらな女が、シーツの間から出たがらない。そもそも、むくんだ脚で、お湯の入った水差しを持ってあがる必要などないのだ。夜になると、朝置いたまま、寝室のドアのところに置きっぱなしになっているのを見いだすのだから。

呼びさまして喜びを感じていた見知らぬ体から、テレーズの考えが離れた。自分の幸福にもうんざりし、想像上の快楽にも飽き飽きして――別の逃避を考えだした。彼女の粗末なベッドのまわりに、みなが跪いている。アルジュルーズの子供がひとり（彼女が近づいた時に逃げだした子供たちのひとりだ）、テレーズの寝室に瀕死の状態で運ばれてくる。彼女はニコチンですっかり黄色くなった手をその子の上に置く。すると子供は病気が癒えて立ちあがる。それよりも控えめな別の夢も考えだした。海辺に家を一軒あつらえて、庭やテラスを思いうかべ、部屋を配置し、ひとつひとつ家具を選び、サン＝クレールに自分が所有している家具を置く場所を探し、布類の選択に関して自分と議論した。それから、舞台装置が解体し、より不鮮明になって、クマシデと、海に面したベンチしか残らなかった。テレーズは座って、ある人の肩の上に頭をもたせかけていた。食事を告げる鐘の音がして立ちあがって、暗いクマシデの道に入った。彼女の横を歩いている人が、突然、彼女に両腕を回して引きよせた。キスが時間を止めるに違いないと、彼女は思う。愛には無限の瞬間があると想像する。それを想像はしても、決して経験することはないだろう。白い家がまた目に浮かぶ。井戸がある。ポンプがきしむ。水のまかれたヘリオトロープの香りが中庭を満たす。夕食は、夕刻と夜の幸福に先立つ休息の時である。直視することなどできるはずのない幸福だ。それほど、それはわたしたちの心の力を超えているのだ。そのようにして、テレーズは、ほかの誰よりも奪われていた愛に取りつかれ、貫かれる。かすかにバリヨンの女房のわめきたてる声が聞える。この老婆は何を叫んでいるのか？　ベルナール様が、南仏から予告なしに近日中に帰ってくるかもしれない、「そして、この部屋を見たら何とおっしゃるだろうか？　まさに豚小屋だ！　奥様には四の五の言わずに、起きて頂かなければ」。ベッドに座って、テレーズは自分の骸骨のような脚を見てがく然とする。足が巨大に見える。バリヨンの女房は彼女を部屋着で包み、肘掛椅子に押しやる。自分のそばに煙草を探すが、手が空をつかんで落ちる。冷たい日の光が開いた窓から入ってくる。バリヨンの女房が箒を手に動きまわり、息を切らし、ぶつくさと罵言を吐く——彼女はそれでも善良なのだ。というのも、クリスマスが来るたびに、自分が太らせた豚が死ぬと涙を流すことが、家族の中で語り草になっているから。テレーズが返事をしないことを恨んでいるのだ。沈黙が彼女の眼には、侮辱となり、軽蔑のしるしとなるのだから。

しかし、口を開くことはテレーズの意のままにならなかった。体に清潔なシーツのさわやかな感触があった時には、礼を言ったつもりだった。じっさいには、唇からはどんな音も出ていなかった。バリヨンの女房は、出ていく時に、「これは、焦がさないでくださいよ！」という言葉を投げつけた。テレーズは、煙草を取りあげられていないか心配になって、手をテーブルの方へ伸ばした。そこにもはや煙草はなかった。煙草を吸わないでどうやって過ごせばよいのか？　あの乾いた熱い小さなものに、指が絶えず触れていなければならない。それから、果てしなくその匂いを嗅いで、自分の口が吸っては吐きだす靄に部屋が浸されていなければならない。バリヨンの女房は夕方にならないとまた上がってはこないだろう。午後の間ずっと煙草がないとは！　彼女は眼を閉じたが、黄色くなった指が、煙草を持った時の慣れた動きをまだ続けていた。

七時に、バリヨンの女房がろうそくを持って入ってきて、テーブルの上にお盆を置いた。牛乳とコーヒーと一切れのパン。「それで、ほかに必要なものはないですか？」彼女は意地悪く、テレーズの方から煙草を要求するのを待っていた。しかし、テレーズは壁に張りついた顔の向きを変えなかった。

おそらく、バリヨンの女房が、しっかりと窓を閉めるのを怠ったのだ。一陣の風で窓が開いて、夜の冷気が部屋を満たした。毛布をはねのけ、起きあがって、窓まで裸足で走っていく勇気が出ないのを、テレーズは感じていた。体を丸め、毛布を目のところまで引っぱりあげて、じっと動かずにいた。凍りついた風は、ただ、まぶたとひたいにあたるばかりだった。松の木々の広大なざわめきが、アルジュルーズを満たしていた。しかし、あの大西洋の音がしていたにもかかわらず、それでもそれはアルジュルーズの静寂だった。もし自分が苦しむことが好きだったら、こんなにも深く毛布の下にもぐりこまないだろうとテレーズは考えた。毛布を少し押しやろうとしたが、数秒しか、冷気に身を曝してはいられなかった。それから、もう少し長くそれに成功した。ゲームをしているようだった。断固たる意志によるのではなかったが、彼女の苦痛が、そんなふうにして、彼女の心を占め——こともあろうに——この世界に彼女が存在する理由となったのだ。

# 第十二章

「旦那様からのお手紙です」

差しだしていた封筒をテレーズが受け取らなかったので、バリヨンの女房が食いさがった。きっと、旦那様がいつ帰ってくるのかおっしゃっている。ともかくそれがわからなければ、準備をすべて済ませておくことができない。

「読んであげましょうか……」

テレーズが言った。「読んで！　読んで！」そして、バリヨンの女房がいる時にはいつもそうするように、壁の方を向いた。それでも、バリヨンの女房が判読したことによって、無気力状態から引きだされた。

「バリヨンの報告によって、アルジュルーズではすべてが順調なことがわかって満足している……」

車で帰るつもりだが、立ちよりたい町がいくつもあるので、正確な帰る日取りを決めることができないと、ベルナールは告げていた。

「十二月二十日よりも遅くなることはまずないだろう。アンヌとドギレムの息子が一緒に来るのを見ても驚かないでほしい。ふたりは、ボリューで婚約したのだが、まだ正式なものではない。ドギレムの息子が、その前にあなたに会うことにひどくこだわっているのだ。儀礼上のことだ、と彼は断言しているが、私には、例のことについて見さだめたがっている感じがする。あなたは頭がいいから、この試練を乗りきれないはずがない。具合が悪くて、精神が侵されていることを覚えておいてもらいたい。とにかく、あなたを信頼している。アンヌの幸福を損なわずに、あらゆる点において家族にとって非常に満足のいくものであるこの計画が首尾よく終わることを危うくしないように努力してくれたら、それなりのことはするつもりだ――同様に、万一、妨害するようなことがあったら、それに対しては、高い代価を払ってもらうつもりでいる。しかし、そんなことを恐れる必要はないと確信している」

それは、晴れた明るい日で、寒かった。テレーズは、バリヨンの女房の命ずるままに、素直に起きあがって、彼女の腕につかまって庭を何歩か歩いた。しかし、なかなか鶏の胸肉を食べきることができなかった。十二月二十日まで十日残っていた。もし、奥様に少し奮起して頂ければ、元に戻るのには十分すぎるくらいだ。

「悪気があるとは言えないね」とバリヨンの女房が夫に言った。「自分にできることはやっているよ。ベルナール様は、たちの悪い犬をしつけるやり方を心得ていなさるからね。知っているだろ、あの人がそうした犬に『訓練用の首輪』をはめる時のことを？　牝の猟犬のようにあの女をしつけるのに、たいして時間がかからなかった。信用しすぎない方がいいだろうがね……」

じっさい、夢想や眠りや茫然自失の状態から抜けだすために、テレーズはあらゆる努力をしていた。歩いたり食べたりすることを自分に課した。とりわけ、ふたたび頭を明晰にして、自分の肉眼で物事や人間たちを見ようとした――自分が火をつけたランドに戻ってきて、その灰を踏みしめ、焼けて黒くなった松の木々の間を歩きまわっていたようなものなのだから、この家族の中で、話をしたり、微笑んだりすることにも努力してみるのだ――自分の家族なのだ。

十八日の三時頃、曇ってはいたが雨は降っていなかった。テレーズは、自分の部屋の火の前に座っていた。頭を椅子の背にもたせかけ、眼は閉じていた。エンジンの小刻みに震える音で、眼が覚めた。玄関でベルナールの声がするのがわかった。ラ・トラーヴ夫人の声も聞こえた。バリヨンの女房が息を切らして、ノックをせずにドアを開けた時には、テレーズはすでに鏡の前に立っていた。頬紅や口紅をつけているところだった。「あの男性を恐がらせてはいけませんからね」と言った。

しかし、ベルナールがまっさきに妻のところに上がっていかなかったのは、失策だった。ドギレムの息子は、「遠慮せずに見てくること」を家族に約束してあったので、「少なくとも熱意が欠けている。考えものだな」と考えていた。アンヌから少し離れて、毛皮の襟を立て、「こうした田舎の客間を、暖めようとしてはいけません」と指摘し、ベルナールに尋ねた。「下がカーヴになっていませんか。それでは、床が、しょっちゅう腐ってしまいますよ。セメントの層を作らせない限りは……」

アンヌ・ド・ラ・トラーヴはリスの毛皮のコートを着て、リボンも花形帽章も付いていないフェルトの帽子を被っていた（「だけど、これっぱかしも飾りがないのに、このフェルトは、羽や冠羽の飾りのついたわたしたちの昔の帽子よりも値が張るのですよ。たしかに、見事な美しさですけれどね。レラカのものですが、ルブーのモデルなんですよ[23]」とラ・トラーヴ夫人は言っていた）。ラ・トラーヴ夫人は自分のブーツを火にかざして、威圧的なたるんだ顔をドアの方に向けていた。ベルナールには、状況に見あった態度を取ると約束していた。たとえば、こう告げてあった。「あの人にキスをしろとは言わないでよ。あなたの母親に、そんなことを頼めるはずがないわ。あの女の手に触れるだけでも、わたしにはかなりぞっとすることだろうよ。わかるだろ、神さまもご存知だが、あいつがしでかしたのは、身の毛のよだつようなことだ。でもね、わたしがいちばんがまんならないのは、そのことではないのよ。人を殺すことのできる人たちがいることくらいもうわかっていたわ……だけど、あの女の偽善者ぶりときたら！　まったく、身の毛がよだつよ！　覚えているだろ。『お義母さま、この肘掛け椅子におかけになってください。お楽になりますよ……』それから、あの女があなたにショックを与えることをひどく恐れていたのを覚えているかい？『かわいそうなあの人は、死を恐がっています。診察をお願いしたら、参ってしまいますよ……』神さまもご存知

23　レラカはボルドーの帽子製造業者。キャロリーヌ・ルブー（一八三七―一九二七）はパリのファッション・デザイナー。ルブーは、クローシュと呼ばれる釣鐘型の帽子をデザインして、流行させた。

だが、わたしは何も不審に思ってはいなかった。でも、あの女が口にした『かわいそうなあの人』には、びっくりさせられたね……」

今、アルジュルーズの客間で、ラ・トラーヴ夫人が感じるのは、もはやひとりひとりが困惑を覚えているということだけだ。彼女は、ベルナールをカササギのような眼で見すえるドギレムの息子を観察する。

「ベルナール、テレーズがどうしているのか、見に行くべきよ……もしかすると、具合が悪くなっているのかもしれないわ」

アンヌが（無関心で、これから起こりうることなど、他人ごとのようだったが）、聞きなれた足音に最初に気がついて、「降りてくる音がするわ」と言う。ベルナールは、心臓に片手を当てて、動悸に苦しんでいる。前日に来ておかなかったとは、どうかしていた。テレーズと前もって打ちあわせておくべきだった。何を言うつもりなのか？　はっきりと非難されるようなことは何もせずとも、すべてを台なしにすることだってできるのだ。何とゆっくり階段を降りてくることか！　みなが立ちあがって、ドアの方を見ている。テレーズがようやくそれを開ける。

ぼろぼろになったあの体が、化粧をした蒼白なあの顔が近づいてきた時に、まっさきに「重罪裁判所」を思いうかべたことを、ベルナールは、何年も経ったあとに、思い出すことになった。しかし、それはテレーズの犯罪のせいではなかった。一瞬のうちに、彼の脳裡に『プティ・パリジャン』のカラーのあの挿絵が蘇ったのだ。それは、多くのほかの挿絵と一緒に、アルジュルーズの庭園の板張りの便所を飾っていた。そして、ハエがぶんぶんとうなっている間に、燃えるような日中のセミが外で鳴きたてている間に、彼は子供の眼で、「ポワティエの幽閉された女」[24]を表わす赤と緑で彩色されたあのデッサンを、食いいるように見つめていたのだ。

同じように、彼は今、血の気が失せてげっそりとやせたテレーズを見つめていた。そして、何としてでもこのぞっとする女を遠ざけておかなかった自分が、いかにうかつだったかを思い知っていた――いつ爆発してもおかしくない爆弾を水に投げ捨てに行くのと同じことだったのだ。知らず知らずなのかそうでないのか、いずれにしても、テレーズは、あの悲劇的事件を呼びさます――悲劇よりも悪い、三面記事に載る事件だ。この女は犯罪者でなければ、被害者とならずにはいないのだ……家族の側に、驚きとあわれみのざわめきが起こった。ほとんどわざとらしいところがなかったので、ドギレムの息子は結論を出すのをためらい、どう考えたらよいのか、もはやわからなくなった。テレーズが言った。

「でも、とても単純なことなのよ。天候が悪くて、外に出られなかったの。それで、食欲がなくなってしまって。もうほとんど食べなくなったわ。太るよりは痩せる方がいいでしょ……だけど、アンヌ、あなたのことを話して。嬉しいわ……」

彼女はアンヌの両手を取った（彼女は座っていて、アンヌは立っていたのだ）。彼女はアンヌを見つめた。蝕まれたようなこの顔の中で、この視線をアンヌはよく覚えていた。かつてその執拗さ

24　ポワティエでじっさいにあった事件。家族に反対される恋愛をして、二十五年間家族の住居に幽閉されていた女性が、一九〇一年に匿名の手紙の告発によって救出された。

にいらいらさせられたものだった。彼女にこう言ったことを思い出す。「いつになったらそんなふうに見るのをやめてくれるの！」

「あなたが幸せになって嬉しいわ、ねえアンヌ」

彼女は、「アンヌの幸福」である、ドギレムの息子に向かって短く微笑んだ——つまりは、この禿げた頭、この憲兵の口ひげ、このなで肩、このモーニングコート、灰色と黒の縞模様の入ったズボンの下の脂肪のついた短い腿のことだ（でも何てことはない！　ありきたりの男だ——つまり、夫ってことね）。それから、ふたたびアンヌに眼を向けて言った。

「帽子を取って……ああ！　これであなただってわかるわね」

アンヌには、今はすぐ近くから、少し歪められた口や、いつも乾いている眼が、この涙を流さない眼が見えた。しかし、テレーズが何を考えているのかはわからなかった。ドギレムの息子が、田舎の冬は家の中が好きな女性にとってはそれほど耐えがたいものではないと言った。「家の中には、いつだってやるべきことがたくさんあるものですからね」

「マリがどうしているか聞かないの？」

「本当ね……マリについて話して……」

アンヌはふたたび、うさんくさそうに敵意を見せた。何ヶ月も前から、彼女は、母親と同じイントネーションで、よく繰りかえしていた。「あの人に対して、すべてを許してあげてもいいわ。だって、要するに、病人なんだから。だけど、マリに無関心なことだけはがまんならないの。自分の子供に興味を持たない母親なんて、どんな理由を考えだしてみたって、卑しいことに変わりはないと思うわ」

テレーズには、この若い娘の考えていることが読みとれた。「彼女に最初にマリのことを話さなかったから、わたしを軽蔑している。どう説明すればよいのか？　自分自身でいっぱいで、自分のことがすっかり心を占めていると言っても、わかってはくれないだろう。アンヌの方は、ただ子供ができることだけを待っている。そして、子供たちの中に自分を消滅させるのだ。彼女の母親がそうしたように、家族の女性たちがみなそうするように。わたしは、つねに自分を見いださなければならない。自分を取りもどすように努力するのだ……モーニングコートを脱ぐ間も惜しんで、この醜い背の低い男が孕ませようとする男の子が産声を上げるや否や、アンヌはわたしと一緒に過ごした青春期や、ジャン・アゼヴェドの愛撫などを忘れてしまうことだろう。家族の女性たちは、自分個人の存在をすっかり失ってしまうことしか願わない。一族にすべてを与えるのは、立派なことだ。自分を消し、無に帰するのが、立派なことだとは感じるけれど……だけどわたしは、わたしには……」

みなが話していることを聞かずに、マリのことを考えようとしてみた。あの子も今では言葉を話すに違いない。「あの子の言うことを聞くのも、少しの間は楽しいかもしれない。だけど、すぐにうんざりして、ひとりになって自分と向きあいたくてしかたがなくなることだろう……」彼女はアンヌに尋ねる。

「マリは上手に話すのでしょうね」

「あの子は、こちらの言ってほしいことを、何でも繰りかえすのよ。お腹の皮がよじれそうよ。

雄鶏や自動車のクラクションが聞こえるだけで、小さな指を上げて、『シジック[25]が聞こえる?』と言うのよ。愛らしくて、かわいらしいったらないわ」

テレーズは考える。「人の話を聞かなくては。頭が空っぽだわ。ドギレムの息子は何を言っているのかしら?」彼女はおおいに努力して、耳を澄ます。

「バリザックの私の土地では、松脂を採集する人間が、ここほど仕事熱心ではありません。アルジュルーズの農夫たちが七杯か八杯採集する時に、四杯ですからね」

「今の松脂の値段を考えると、怠慢だと言わざるをえませんな!」

「ご存知ですか、松脂を採集する人間は、今では、日給百フランで、何日も働くんですよ……でもこんな話では、デスケルー夫人もお疲れでしょう……」

テレーズは椅子の背に、うなじを押しあてていた。みなが立ちあがった。ベルナールは、サン＝クレールに帰らないことにした。ドギレムの息子が自動車の運転を引き受けた。車は、翌日、運転手が、ベルナールの荷物を載せて、アルジュルーズに戻すことになった。テレーズは努力して立ちあがろうとしたが、義母が押しとどめた。

彼女は目を閉じる。ベルナールがラ・トラーヴ夫人にこう言うのが聞こえる。「バリヨンたちめ、いくらなんでも! お灸を据えてやらねば……思い知るがいい」。「気をつけてよ。きつく言いすぎないでね。あの人たちが出ていかないようにしなければ。何と言っても、事情を知りすぎているし、それに、土地に関しても……境界がすべて頭に入っているのは、バリヨンだけなのだから」

テレーズには聞こえなかったベルナールの指摘に、ラ・トラーヴ夫人が答える。「それにしても、慎重にね。あの女を信用しすぎてはだめよ。あの女のやることからは眼を離さないで。台所や食堂に絶対にひとりで入らせてはだめよ……違うわよ。気を失ってなんかいない、眠っているか、そんな振りをしているのよ」

テレーズはふたたび眼を開ける。ベルナールが彼女の前にいる。グラスを手にして言う。「これをぐっと飲みなさい。スペインのワインだ。とても元気が出るから」。それから、やると決めたことはつねに実行する性分なので、台所へ入って怒りだす。テレーズには、バリヨンの女房の甲高い方言が聞こえる。そして思う。「ベルナールは恐くなったんだ。明らかだわ。何が恐いのかしら？」

彼が戻ってくる。

「あなたの部屋より食堂の方が、もっと食欲が出ると思うよ。昔のように、食堂に食事を出すように命じておいたから」

テレーズは、予審の時のベルナールをふたたび見いだしていた。どんな代価を払っても彼女に事件を切りぬけさせようとしていた同盟者だ。彼は、何としても彼女が治ることを望んでいる。そう、彼が恐くなったことは明らかだ。正面に座って、火をかきたてている彼をテレーズは観察する。しかし、炎の中に彼の大きな両の眼が見つめているイメージを見ぬくことができない。『プティ・パリジャン』の赤と緑で彩色された挿絵、「ポワティエの幽閉された女」である。

---

25　原語は、《sisique》。《musique》「音楽」の幼児語であると思われる。

どんなに雨が降っても、アルジュルーズの砂には、まったく水溜りができない。冬のさなかに一時間も日が差せば、何の不都合もなく布製の靴で、弾力のある乾いた松の葉の敷きつめられた道を踏みしめることができる。ベルナールは一日中狩猟をしていたが、食事時には帰ってきて、テレーズのことを心配して世話を焼いた。それまでには一度もなかったことだった。ふたりの関係にはぎくしゃくしたところがほとんどなかった。彼は、強制的に三日ごとに彼女に体重を量らせ、煙草は食後に二本吸うだけにさせた。テレーズは、ベルナールの忠告に従って、たくさん歩いた。「運動が、最良の食前酒だからね」。

彼女はもうアルジュルーズが恐くなかった。彼女には、松の木々が離れて、列の間隔が広がり、逃げだすように合図をしているように思われた。ある晩、ベルナールが彼女に言った。「アンヌの結婚まで待ってほしい。もう一度、このあたりの人みんなに、私たちが一緒のところを見てもらわなければならない。そのあとは、あなたは自由だ」。彼女はその日の夜は、ずっと眠ることができなかった。不安をさそう喜びのせいで、目を閉じることができなかった。明け方には無数の雄鶏たちの鳴き声を聞いたが、応答しあっているようには思えなかった。みながいっせいに歌い、ただひとつの叫び声で大地と空を満たしていた。ベルナールが彼女をこの世界に放とうとしている。昔、飼いならすことのできなかった雌のイノシシをランドに放したように。アンヌが結婚してしまえば、人には言いたいことを言わせておけばよい。ベルナールはテレーズをパリのいちばん奥深いところに沈めて、逃げだすのだ。これが、ふたりの間で合意したことだ。離婚はせず、正式な別居でもない。世間のためには、健康上の理由を用意する（「妻は転地をしていないと調子が悪いのです」)。諸聖人の祝日ごとに、彼女の分の松脂は、彼がきっちりと清算することにする。

ベルナールは、テレーズの計画については尋ねなかった。よそでなら縛り首になってもかまわない。「出ていってくれるまでは、安心できない」と彼は母親に言った。「結婚前の姓に戻ってほしいわ……そうであっても、彼女が何かしでかせば、あなたの名が出るだろうけれどね」。しかしテレーズは、梶棒の中にいる時にしか、暴れたりはしなかった、と彼は断言した。自由になれば、たぶん、あれほど分別のある者もいないだろう。いずれにしても、それに賭けてみなければ。それが、ラロック氏の意見でもある。けっきょくのところ、テレーズは姿を消す方が良いのだ。その方が、早く忘れてもらえるだろう。人があのことを話す習慣もなくなることだろう。沈黙を保つことが重要だ。その考えは彼らの中に根を下ろしていて、何をもってしても、それを捨てさせることはできなかったことだろう。テレーズが梶棒から出ていかなければならない。その時の来るのが、どんなに待ちどおしいことか!

テレーズは、終わりかけた冬がすでにひどくむきだしの大地にまとわせる、いっさいをはぎとられた相貌が好きだった。しかしながら、枯葉でできたぼろ着が、執拗にカシの木々に張りついていた。彼女は、アルジュルーズの静寂が存在しないことを発見した。天気がどんなに穏やかな時にも、自分の身の上に涙を流す人のように、森は嘆き、自分をあやし、眠りこむ。そして夜は、果てしのないささやき声にすぎない。彼女の未来の生活にも、その想像のできない生活にも夜明けがあることだろう。そうした夜明けには、あまりに人気がないので、たぶん、アルジュルーズの目覚めの時刻を、無数の雄鶏たちのひとつになった鳴き声を、懐かしく思い出すことだろう。これからやってくる夏には、日中のセミと夜のコオロギを思い出すことだろう。パリは、もはや引き裂かれた松の木々ではなくて、恐るべき人間たちだ。木々の群れのあとに、人間たちの群れがやってくるのだ。

夫婦は、自分たちの間にほとんど気詰まりな気持ちが残っていないことに驚いていた。別れることができると確信するとすぐに、その人たちのことが耐えられるようになるものだと、テレーズは思っていた。ベルナールはテレーズの体重を気にかけた――彼女の話すことにも関心を示した。彼女は、それまでに一度もなかったくらい自由に彼の前で話していた。「パリでは……パリに行ったら……」ホテルに住んで、たぶんアパートを探すだろう。講義や講演やコンサートに通うつもりだ。「基礎から勉強をやり直すのだ」。ベルナールは彼女を監視しようとは思わなかった。腹蔵のない態度で、彼女のスープを食べ、彼女のグラスを飲みほした。ペドメ医師は、時おりアルジュルーズ街道でふたりに出会ったが、妻にこう言うのだった。「驚くべきことに、あのふたりには、芝居を演じている様子がまったくないのだ」

# 第十三章

三月のある暑い朝、十時頃、人の波がすでに流れていて、ベルナールとテレーズが座っている、カフェ・ド・ラ・ペ[26]のテラスに打ちよせていた。彼女は、煙草を投げ捨て、ランドの人たちがするように、入念に踏みつぶした。

「歩道に火がつくのが恐いのか？」

ベルナールが無理に笑おうとした。パリまでテレーズについてきたことを自分に咎めていた。なるほど、アンヌの結婚式の直後であり、世間の評判をおもんぱかってしたことではあったが——何よりもテレーズの希望に従ったのだ。この女には、おかしな状況を作りだす才能があるのだと彼は考えた。彼女が自分の生活の中に留まっている限り、道理を欠いた行動に、このように応じなければならない危険がある。自分のような均整の取れた、しっかりとした精神の持ち主に対してさえ、この頭のおかしな女は、いくばくかの影響力を保持しているのだ。彼女と別れる瞬間が来て、彼は悲しみを禁じえなかったが、絶対にそう認めはしなかったことだろう。他人から与えられるそうし

26　パリのオペラ・ガルニエの広場にある著名なカフェ。

た種類の感情ほど彼に縁のないものはなかった（特にテレーズからは……想像するのも不可能だった）。こうした混乱した気持ちから一刻も早く逃げだしたかった！　正午の列車に乗るまでは自由に息をすることができないだろう。自動車が今晩、ランゴンで自分を待っている。駅を出てヴィランドロ街道へ入ると、すぐに松林が始まる。彼はテレーズの横顔を観察していた。彼女の瞳は時おり、人ごみの中のひとつの顔に止まりそれが見えなくなるまであとを追っていた。そして、彼は不意にこう聞いた。

「テレーズ……聞いてみたかったのだが……」

彼は眼を逸らした。それまで一度もこの女の視線を見つめかえすことができなかったのだ。それから早口で言った。

「教えてほしいのだ……私が嫌いだったからなのか？　私があなたをぞっとさせていたからなのか？」

彼は自分自身の言葉を聞いて驚き、いらだった。テレーズは微笑んだ。それから真面目な様子で彼を見すえた。今になって！　ベルナールが質問をしてきた。テレーズが彼の立場にいたら、まっさきに頭に浮んだであろう、まさにその質問を。ニザン街道を行く馬車の中で、それからサン＝クレールへ行くあの小さな列車の中で、時間をかけて準備したあの告解が、あの探求の夜が、あの忍耐を要した探索が、自分の行為の源へと遡ろうとする努力が――つまりは、自分自身へのあの力を使いはたす帰還が、たぶんまさに報われようとしているのだ。知らないうちに、ベルナールの気持ちを混乱させていたのだ。彼に複雑な思いを抱かせていたのだ。そして今、はっきりと理解できずにためらう人間として、尋ねてきたのだ。以前ほど単純な人間ではないのだ……つまり、仮借のないところが和らいだのだ。テレーズは、いつもとは異なるこの男に、好意的な、ほとんど母性的な視線を投げかけた。それでも、返事をした時には、からかうような口調になっていた。

「わからないの？　あなたの松林のせいよ。そうよ。あなたの松林を独り占めにしたかったのよ」

彼は肩をそびやかした。

「そう思ったこともあったが、今はそう思わないよ。どうして、あんなことをしたのだ？　今なら、私にはっきりそれを言えるだろう」

彼女は、宙を見つめた。この歩道で、泥とせわしない人間たちの体とでできた河のふちで、そこに身を投げだし、そこでもがくか、沈んでいくことを受け入れるかという瀬戸際で、彼女は弱い光を、夜明けの光を感じていた。秘めやかな悲しい地方へ帰ることを想像していた――アルジュルーズの静寂の中で、瞑想と自分を向上させることに一生を捧げること。内面の冒険、神の探求……カーペットとガラスの首飾りを売っていたモロッコ人が、彼女が自分に微笑みかけたと思って、彼らに近づいてきた。彼女は、同じからかうような態度で言った。

「わたしはあなたに、『なぜそうしたのか自分でもわからない』と答えるところだった。今はそれがわかる気がする、本当よ！　もしかしたら、あなたの眼の中に不安を、好奇心を――つまりは混乱を見るためだったのかもしれない。ついさっきから、あなたの眼の中に見いだしているものすべてを……」

彼は、新婚旅行をテレーズに思い出させる口調で、不満を洩らした。

「最後まで機智をひけらかすつもりか……真面目な話、なぜなのだ?」

彼女はもう笑ってはいなかった。今度は彼女が尋ねた。

「ベルナール、あなたのような人は、自分の行動の理由をすべて知っているのよね?」

「もちろん……おそらくは……少なくとも、そういう気がするが」

「わたしは、できるものならあなたに何も隠しておかないですむようにしたかった。はっきりさせるために、どんなに自分を責めさいなんだか、あなたに知ってもらえたら……だけど、あなたに挙げることのできそうだった理由はどれもこれも、わかってほしいのだけれど、それを口にしかけただけで、嘘だと思えそうだったのよ……」

ベルナールは、いらだって言った。

「それにしたって、決心した日があったはずだろ……行為に及んだ日が?」

「あったわ。マノの大火事の日よ」

彼らは顔を近づけて、小声で話した。パリのこの交差点で、この軽い日差しのもとで、外国の煙草の匂いのする、黄色と赤のストールをゆする、この少しひんやりとしすぎた風を感じながら、あの耐えがたい午後や、煙でいっぱいになった空を、くすんだ青空や、焼けた松が放つ、あの滲みこむようなたいまつの匂いを——そして、犯罪がゆっくりと形を成していった自分自身のまどろんだ心を、思いおこすのは奇妙なことだと、テレーズは思った。

「あれはこんなふうに起こったのよ。正午にはいつも暗い食堂だった。あなたは、バリヨンの方に少し顔を向けて話しながら、コップに落ちている薬のしずくを数えるのを忘れていた」

テレーズはベルナールを見ていなかった。どんな些細な状況も省かないことしか頭にはなかった。しかし、彼の笑う声が聞こえたので、彼女は彼をじっと見た。そうだ、彼はいつものばかげた笑い声を上げて笑っていた。彼は言った。「ばかな！ 私を誰だと思っているのだ！」彼は彼女の言うことを信じなかった（でも本当のところ、彼女の言っていることが信じられるだろうか？）。彼は冷笑を浮かべていた。自分に自信があって、かつがれたりはしないベルナールを彼女はふたたび認めていた。彼はいつもの平静さを取りもどしていた。彼女はまたもや自分が機を逸したのを感じた。彼はあざ笑った。

「それじゃあ、そんなふうに突如、聖霊の働きによって、そんな考えが浮かんだのか？」

彼はテレーズに尋ねた自分を何と憎んでいたことか！ そのせいで、この頭のおかしい女を軽蔑してやりこめてきたという利点をすべて失うことになった。まったく、彼女はまた頭をもたげてきたのだ！ どうして、急に理解したいという気持ちに屈したのか？ まるで、こうした頭のおかしな連中に、いささかでも理解する余地があるかのように！ だが、思わず口をついて出たのだ。よく考えたうえでのことではなかった……

「聞いて、ベルナール。あのことについてあなたに言うことは、わたしに罪がないと思ってもらうためではないのよ。それどころか！」

彼女は、自分に罪を着せることに奇妙な情熱を傾けた。あんなふうに、夢遊病者のように行動するには、彼女の言うところでは、何ヶ月も前から心の中に、罪深い考えを蓄え、養っていなければならなかった。それに、最初の仕草を成しとげてからは、何という明晰な高揚感とともに、その計画を続けていったことか！　何と執拗だったことか！

「わたしは、自分の手がためらった時にしか、自分が残酷だとは感じなかった。あなたの苦しみを長びかせる自分を責めていた。最後まで、迅速にやってしまわなければならなかった！　わたしはぞっとするような義務に身を委ねていたのよ。そうよ、あれは、義務のようなものだったの」

ベルナールが彼女をさえぎった。

「何て大袈裟な言葉だ！　最後にきっぱりと、何を望んでいたのか言ってくれ！　言えるだろうが」

「何を望んでいたのか、ね？　おそらく、望んでいなかったことを言う方がやさしいかしら。望んでいなかったのは、舞台の人物を演じることであり、身振りをし、決まり文句を口にし、つまり一瞬ごとに、ひとりのテレーズを否認すること……いいえ、そうではない、ベルナール。わかるかしら。本当のことを言おうとしているだけなのよ。どうして、こうしてあなたに語ることが、すべてこんなに嘘のように響くのかしら？」

「もう少し低い声で話してくれ。私たちの前にいる男性が振りむいたぞ」

ベルナールは終わりにすること以外には、もう何も望んでいなかった。だが、この偏執狂のことならよくわかっている。重箱の隅をつついて、心から楽しんでいるのだ。一瞬近づいてきたこの男がふたたび、果てしなく遠ざかったことが、テレーズにもわかっていた。それでも彼女は粘り強く、彼女の美しい微笑を彼に向け、彼が好きだった低いかすれた声音で話した。

「だけどベルナール、今ははっきりと感じているわ。何でもないことで下生えの草に火がついてしまうからといって、本能的に煙草を踏みつぶすテレーズ——自分で自分の松を数え、松脂の収支を計算するのが好きだったテレーズ――デスケルー家の男と結婚し、ランドの良家の中に席を占めたことが得意で、要するにみなが言うように、身を固めることに満足していたテレーズ、そうしたテレーズは、もうひとりのテレーズと同じくらい現実的であり、同じくらい生きているのよ。そうよ、そうよ、もうひとりのテレーズのためにそれを犠牲にする理由など、まったくなかったのだわ」

「もうひとりって何なんだ?」

彼女には何と答えていいのかわからなかった。そして、彼が時計を見た。彼女が言った。

「それでも、時々は帰らなければならないわね。私の分の取引や……マリのために」

「どんな取引だ? 共同の財産を管理するのは私だ。合意ずみのことを蒸しかえすのはやめようじゃないか? 家名の名誉や、マリの利益のために、私たちふたりが一緒にいるところを見てもらうことが重要な、公的な行事すべてに、あなたの席を用意しておく。私たちの家族のような人数の多い家族は、結婚式には事欠かないものだ。ありがたいことに、葬式にもね。さしあたって、マルタン伯父が、秋までもったら驚きだろうな。あなたが帰ってくる機会になるだろうが、あなたはもう、そういうことにはうんざりしているようだから……」

馬に乗った警官が唇に呼び子を近づけて、目に見えない水門を開いた。歩行者たちの群れは、黒い車道がタクシーの波に覆われてしまう前に、急いで横ぎった。「わたしはある夜、ダゲールのようにミディのランドに向かって出発すべきだったのだ。あの荒涼とした土地の発育不全の松の木々の間を縫って歩くべきだった――疲れきるまで歩くべきだった。潟の水の中に顔を沈めている勇気は出なかっただろうが（去年、アルジュルーズのあの羊飼いが、そうしたのだ。嫁が食べ物をくれなかったからといって）。しかし、砂の上に横たわり眼を閉じることならわたしにもできたことだろう……たしかにカラスやアリがいて、待ってはくれないだろうが……」

彼女は人間の河を見つめた。彼女の体の前で開かれ、彼女を転がし、引きずっていくことになるこの生きたかたまりを。もう何もすべきことはない。ベルナールはまた時計を取りだした。

「十一時十五分前だ。ホテルに立ちよる時間があるから……」

「帰りはそんなに暑くないわよ」

「今晩、車の中では、何かをはおらなければならないくらいだろう」

彼が車で行く道が彼女の眼に浮かび、冷たい風が自分の顔に吹きつけてくる気がした。沼地や、樹液のついたおが屑、草を燃やす火やミント、靄の匂いのするあの風だ。彼女はベルナールを見て、以前はランドのご婦人方に、「美人だとは言えないが、魅力そのものだ」と言わしめたあの微笑を浮かべた。もしベルナールが「許す、おいで……」と言ってくれたなら、立ちあがって、彼についていったことだろう。しかし、ベルナールは、一瞬心を動かされたとはいえ、慣れない仕草や、毎日交わす習慣となった言葉とは違う言葉には、もはや嫌悪しか感じていなかった。ベルナールは、彼の馬車と同じように、「道幅に合わせて」作られている。彼には轍が必要なのだ。まさに今晩、サン＝クレールの食堂で、ふたたびそれを見いだした時に、落ちつきと安らぎを味わうことだろう。

「最後にもう一度お願いするわ、許してね、ベルナール」

彼女はこの言葉を、あまりに厳かに、希望もなく口にする――会話をふたたび始めようとする最後の努力だ。しかし、彼は言いかえす。「もうその話はやめにしよう……」

「あなたはひとりぼっちだと感じるようになるわよ。そこにいなくとも、わたしが妻の座をふさいでいるのだから。あなたには、わたしが死んだ方がよかったくらいね」

彼は少し肩をすくめて、ほとんど陽気になって、「自分のことは心配しないでくれ」と彼女に頼んだ。

「デスケルー家にはどの世代にも、独り身のまま年を取る男がいたものさ！　私がそうならなければならないのだ。私には、必要な資質がすべてそろっている（あなたがそうではないとは言わないだろうね？）。ただ私が残念に思うのは、女の子ひとりしかできなかったことだ。家名が途絶えてしまうからね。たしかに、私たちが一緒にいたとしても、ほかの子は望まなかっただろうけどな……それで、要するに、すべてがいちばんいい形なのさ……立たなくてよい。そこにいなさい」

彼はタクシーに合図してから戻ってくると、カフェの代金は払ってあるとテレーズに念を押した。

彼女は、ベルナールのグラスの底のポルトのしずくを長い間見つめた。それからふたたび通行人たちに眼をやった。人を待っている様子で、行ったり来たりしている人たちがいた。ひとりの女性が、二度振りかえって彼女に微笑みかけた（女性労働者なのか、そんな服装をしているだけなのか？）。裁縫店で働いている人が出はらう時間だった。テレーズは、席を立とうとは思わなかった。

退屈ではなかったし、悲しさも感じなかった。その日の午後にジャン・アゼヴェドに会いに行くのはやめにした――そして、解放感を覚えて息をついた。彼には会う気がしない。また話をするなんて！ 決まりきった言葉を探すなんて！ ジャン・アゼヴェドのことは知っていた。しかし、近づきになりたいと願っている人たちを、彼女は知らなかった。彼らについて知っているのは、話すことを要求されることがほとんどないだろうということだけだった。テレーズは、もう孤独を恐れていなかった。じっとしていればそれで良かった。彼女の体がミディのランドに横たわっていたならば、アリや犬を引きよせたであろうように、ここで彼女は、自分の肉体の周囲に、暗いうごめきや渦をすでに予感していた。彼女は空腹を感じて立ちあがった。オールド・イングランド[27]の店の鏡に、若い女性である自分の姿が見えた。この体にぴったりした旅行用のスーツはよく似あっている。しかし、アルジュルーズにいた時のなごりで、まだ蝕まれたような顔をしていた。このあまりに突きでた頬骨、低い鼻。彼女は「年齢がわからない」と思った。ロワイヤル通りで（しばしば夢想の中でそうしたように）昼食を取った。どうしてそうしたくもないのに、ホテルに戻らなければならないのか？ プイイのハーフボトルのおかげで、ほてるような満足感に浸った。彼女は煙草を頼んだ。ひとりの若い男が隣のテーブルから、火のついたライターを彼女に差しだした。彼女は微笑んだ。夜には陰うつな松林を抜けていく、ヴィランドロ街道。わずか一時間前にはベルナールに寄りそってその中へ入って行きたいと願っていたとは！ こちらの地方とあちらの地方、松の木々とカエデの木々、大西洋と平野、そのどちらが好きかと考えることが重要だろうか？ 生きているもの以外に、血と肉でできた人たち以外に、彼女の興味を引くものはない。「わたしにとって大切なのは石の町でも、講演会でも美術館でもない。そこでうごめく生きた森が大切なのだ。どんな嵐よりもさらに怒りくるった情念にうがたれた森だ。アルジュルーズの松の木々のうめき声は、夜には人間を感じさせたからこそ心に触れたのだ」

テレーズは、少し飲んで、たくさん煙草を吸った。満ち足りた女のように、ひとりで笑っていた。頬と唇に入念に化粧をした。それから通りに出て、あてもなく歩いた。



27 カフェ・ド・ラ・ペから遠からぬところにある、著名な英国風紳士服の店。

# 解説

福田　耕介

## 一．作者の生い立ちと作品の成立

二〇二〇年に没後五〇年を迎えた、フランス二十世紀を代表するカトリック作家、フランソワ・モーリヤック（一八八五―一九七〇）は、フランス南西部の、ワインでよく知られた都市ボルドーに、五人兄弟の末っ子として生まれた。母クレールはボルドーの富裕な商人階層の出身であり、ブドウ畑とランドの松林は、父ジャン＝ポールの家族から引き継がれた。ボルドーと、ランドの村サン＝サンフォリヤン、ワインのシャトーであったマラガールが、モーリヤック作品の主要な舞台となっている。『テレーズ・デスケルー』には、サン＝サンフォリヤンがサン＝クレールとして、松林をさらに奥に進んだところにあるジュアノーがアルジュルーズとして登場する。マラガールを舞台とする小説も多く、テレーズ・デスケルーと並ぶ傑作『蝮のからみあい』（一九三二年）がその代表的なものである。なお、マラガールの家屋は、四人の子供たちによって、アキテーヌ地方に寄贈されて、現在ではモーリヤックの記念館となっている。

生い立ちに関して何よりも重要なのは、モーリヤックが一歳八カ月の時に父親が亡くなったことである。「もし十八カ月の時に信仰のない父を失う代わりにカトリックの母を失っていたら、今日の自分がどんな人間になっていたかは想像もできない」(『逃れ去る家々』、一九三九年)と書いている通り、信仰のない父親が早世したことで、母親の信仰を引き継いでカトリック信者となる障害が取り除かれたことは否定できない。その一方で文学的才能は、文学を愛し詩作品なども残している父親からの遺伝であると考えられている。小説世界との関係で興味深いのは、モーリヤックが、自分の境遇とは逆に、母親を早くに亡くして、父親に育てられた男性主人公を多く描いていることである。あたかも小説世界が「想像もできない」「自分」への接近を試みる場となっているかのようであり、女性主人公であるテレーズ・デスケルーもこの逆転した境遇を引き継いでいる。テレーズにとって父親がいかなる存在であったのかについては、あとで少し考えてみたい。

モーリヤックは二十二歳になろうとする一九〇七年九月にパリに出て、グランゼコールのひとつである古文書学校を受験する。一浪して翌年には合格するが、一年も経たない一九〇九年に退学して、それ以降は文学活動に専念する。その年のうちに最初の詩集『合掌』を出版し、モーリス・バレス(一八六二—一九二三)に賞賛された。しかし詩人としては伸び悩み、一九一三年から小説を出版し始める。

その頃のこととして重要だと思われるのは、一九一一年に、『交響曲変ロ長調』などで知られる作曲家エルネスト・ショーソン(一八五五—一八九九)の娘、マリアンヌと婚約したものの、五日後に一方的に婚約を破棄されて、心に深い傷を負ったことである。「彼女のことをいつか忘れることがあるとは思わない」とその年の十二月に母親に書き送っているが、じじつ、マリアンヌとの婚約の破綻は、その後のモーリヤックの作品の多くに影を落とすことになる。『テレーズ・デスケルー』に関しても、アンヌ・ド・ラ・トラーヴがジャン・アゼヴェドとの仲を引き裂かれるところに、そのかすかな残響を聴き取ることが許されるだろう。

小説家としては遅咲きであったが、一九二二年に『癩者への接吻』が評価されて以後は、『テレーズ・デスケルー』のほかにも『愛の砂漠』（一九二五年）や『蝮のからみあい』などの作品を発表して高い評価を受けた。一九三三年には、アカデミー・フランセーズの会員に選ばれ、一九五二年には、ノーベル文学賞を受賞した。時事的な評論も高く評価されているが、この年からその代表的なものである『ブロック・ノート』の連載を始めている。

『テレーズ・デスケルー』は、一九二六年十一月十五日から翌年一月一日の『パリ評論』に掲載されたのち、一九二七年二月にグラッセ社から出版された。一九五〇年刊行の『全集』第二巻に収録されるにあたって、モーリヤックがいくつか修正を施しており、拙訳には、プレイヤッド版に収められたその『全集』のテキストを使用した。

『テレーズ・デスケルー』執筆時期のモーリヤックは、周囲が心配するほどの信仰の危機にあった。家族との距離が開き、夫婦の不和も続いていた。その背景にはモーリヤックが、同性愛的な感情に苦しんでいたことがあると言われている。草稿の段階では、アンヌに関して、「あの少女の肉体以外に神秘的なものは何もない」と記されるなど、作者の苦悩がアンヌに抱くテレーズの感情に決定稿よりも色濃く映し出されていた。プレイヤッド版『モーリヤック小説・戯曲全集』の校訂者であるジャック・プティが「じじつ、これは、少なくとも『回心』の可能性が表われずに終了するモーリヤックの最初の小説であり、数少ないもののひとつである」と書いているように、作者の信仰の危機を反映して、『テレーズ・デスケルー』は、モーリヤックの小説の中でももっとも宗教的救済の色彩が希薄なものになっている。

## 二．動機なき殺意

『テレーズ・デスケルー』の主人公は、明確な動機もなく夫に砒素を盛ることのできる女性として造形されている。「なぜテレーズ・デスケルーは夫を毒殺することを望んだのか？　この疑問符が、彼女の悲痛な影を私たちの間に引き留めるのに大いに役立った」（『小説家と作中人物』、一九三三年）とモーリヤックが語っているように、彼女を犯罪に駆り立てる心の闇が、読者の心の中にこのヒロインを生かし続ける最大の魅力となった。動機の謎を解明することが読者ひとりひとりに委ねられているのだ。

そのことを認めた上で、彼女の動機の説明となりうる、いくつかの可能性に簡単に触れておくことにする。第三章では、夫ベルナールに理解してもらうために何よりも重要なことが、子供時代からアンヌ・ド・ラ・トラーヴと過ごしてきた時間にあると気がつく。しかし、どういうわけか深い疲労に陥って、はかばかしく回想を進めることができない。一人称でよどみなく語られるジャン・アゼヴェドに関する回想との対照は明らかであり、大きな心理的抵抗を呼び覚まさずにはいないアンヌの方が、テレーズの解明しがたい謎に深くかかわっていることは言を俟たない。そこには先に触れた、同性愛的傾向が影を落としており、そう考えれば、結婚式の日から始まる夫との性生活に対するテレーズの激しい嫌悪にもいくぶんか納得がいくはずだ。テレーズが夢想の中で思いをかける相手を想起する時に、男女の区別のつく言葉が慎重に回避されていることも、そのことと連動している。

さらに、テレーズが回想の中ではっきりと意識していないこととして、テレーズと父親の関係にも眼を留めておこう。父親からあまり相手にされることなく育ったテレーズだが、自分がスキャンダルを起こせば社会的な地位のある父親に迷惑が及ぶことをまったく意識していなかったはずはない。じっさい、テレーズの犯罪が発覚した時には、父親であるラロック氏がまっさきに駆けつけてきて、テレーズに釈明を求める。父親に詰問された彼女は公教要理を唱える子供にかえって単調な返答に終始する。そこに知性をうたわれたテレーズの面影はない。むしろ、子供の時に、父親に疎んじられて一緒に過ごす時間の少なかった娘が、その時間を取り戻そうとしているとも取れる光景が現出している。第一章の最後で、いずれ父親のもとに帰る希望を表明していたことも思い出しておいてよいだろう。父親の関心を引きたいという漠たる欲求が犯罪の主要な動機となるはずもないが、「免訴」を得て歩き始めたテレーズは、どこかで父親に振り向いてもらうことを期待していたのである。

最後に考えてみたいのは、パリでベルナールと別れる直前に、テレーズが夫に次のように語ることである。

「何を望んでいたのか、ね？ おそらく、望んでいなかったことを言う方がやさしいかしら。望んでいなかったのは、舞台の人物を演じることであり、身振りをし、決まり文句を口にし、つまり一瞬ごとに、ひとりのテレーズを否認すること……」

自分の望まなかったことしかわからないという言葉は、テレーズの行動の核心を突いている。ここで述べられているように、たしかにテレーズは「家族の精神」の命じる決まりきった言動を嫌悪していた。しかしその反面、ジャン・アゼヴェドとの交渉や、アンヌの婚約者ドギレムの息子との面談を乗り切らねばならない時には、家族の利益のために行動することをごく自然に受け入れて、平静さを取り戻している。「もうひとりのテレーズとは何か」とベルナールに聞かれた時に答えられないように、「家族の精神」を取り払った時に何が残るのかは、テレーズ自身にも判然としていないのである。

テレーズが何よりも恐れていたのは、何の変化もなく果てしなく続くと予想される単調な時間の連続だった。彼女が望んでいたのは、ある意味では現在の生活を変化させる可能性であり、最後に、「あなたの眼の中に不安を、好奇心を、つまりは混乱を見るためだったのかもしれない」と答えるのも、「不安」が変化を予感させるからなのである。だからこそ、変化の可能性が将来に予想される時には平穏な気持ちになるが、それが実現してしまうと、望んでいたはずの「結婚」、「免訴」後のベルナールとの生活」、「パリでの生活」が程度の差こそあれ、一気に耐えがたいものに変わるのだ。婚約の時には落ち着いていた彼女が、結婚式から、早くも絶望的な気持ちに陥ったり、「免訴」を得るまでは、夫と協力して落ち着いて行動することができた彼女が、「免訴」を手に入れてしまうとこれから夫と暮らすことにがく然としたり、パリでの生活を望んでいたはずのテレーズが、いざそれが実現すると、一瞬とはいえ、夫と一緒にアルジュルーズに帰ることを願ったりするのもそのためなのだ。最後に家族を離れたテレーズは、ジャン・アゼヴェドに会いに行くこともやめて、あてもなくパリを歩き始めるほかはないのだ。

## 三. いかにして毒殺を描くか

「カトリック作家」というレッテルを貼られるモーリヤックが、絶えず心を砕いていたのは、『小説論』(一九二八年)の中で明確に述べられているように、一方で作家として、カトリックの喧伝のために作中人物を予定調和的に信仰に導き、人間の真実を歪めてはならない、そのためには悪も善も含めた人間の全体像を描かなければならないということであり、他方でカトリックとして、いくら人間の悪も描かなければならないからといって、そのことによって読者を悪に導いてはならないということでもあった。明確な動機もなく夫に砒素を盛る女性を描くにあたって、モーリヤックが作品の構成に工夫を凝らしてヒロインの怪物性ばかりが過度に読者を刺激する危険を回避したのもそのためである。構成の工夫に関して、ここではふたつの重要な点を指摘するに留めておく。第一に重要なのは、時系列に沿って出来事を語るのではなく、「免訴」の告知によって作品を始めている点である。「免訴」になったということは、常識的には彼女が犯罪に手を染めていないということをも意味しうる。田舎町の夕暮れを、ふたりの思いやりのない男にはさまれて、冷酷な犯罪者としてではなく、冤罪の嫌疑に苦しんだ被害者のような様子で、テレーズは読者の前を歩きはじめるのである。

第二の構成の工夫は、毒殺行為そのものの記述のしかたである。いくら冒頭で被害者の仮面を被っていたとしても、テレーズの毒を盛る姿が描かれてしまえば、否応なく犯罪者の顔が暴露されてしまうはずだ。しかし、作品の中盤に凝縮された形で彼女の砒素を盛る行為を提示し、彼女が「たった一度だけ」と考えて犯罪に及ぶところまでは、テレーズの心の中を詳細に読者に開示しながら、どうして「一度だけ」でやめなかったのかというところに読者の興味が集中したところで、犯罪を見抜けなかった周囲の人たちの当時の視点に突如転換して、テレーズの内面が読者に対して閉ざされてしまうのだ。それ以降、読者に提示されるのは、自分も体調が悪いのにもかかわらず、夫の看病をするけなげな妻の顔であり、クララ伯母のかわりに小作農たちの世話をする善意のボランティアの顔なのだ。テレーズは、じつに毒を盛る行為の最中にも、苦しんでいる被害者の相貌を保持し続ける。犯罪が発覚して父親に問い質されるテレーズに対して、事件の真相を知らないクラ伯母のかける「なぜあなたは苦しめられているの？」という言葉がそのことを端的に表わしている。「悪」を突出させることなく、それでいて歪めることもなく表現するために、モーリヤックがもっとも腐心したところであると言えるだろう。

## 四．テレーズ・デスケルーの救済

「序」の最後に、「少なくともあなたを置いていくこの歩道の上で、私はあなたがひとりではないという希望を持っている」と記されているように、テレーズを救済に導くことが『テレーズ・デスケルー』を書き終えたのちも、モーリヤックの念頭を離れなかった。そのために、モーリヤックは、『失われしもの』（一九三〇年）、「医院でのテレーズ」（一九三三年）、「ホテルでのテレーズ」（一九三三年）、『夜の終り』（一九三五年）という作品にテレーズを再登場させて、執拗にテレーズの姿を追跡した。しかし、最後の『夜の終り』においても、テレーズが「神の平安を味わう」前に作品を終了せざるをえなかった。その理由は、『夜の終り』の単行本に付されていた序文の中で、「テレーズの告解を受ける司祭が眼に浮かばなかったのだ」と説明されている。たしかに『テレーズ・デスケルー』においても、司祭を凝視するテレーズの姿が描かれているが、テレーズが司祭の方に踏み出すことも、司祭がテレーズに働きかけることもなかった。

ただ、モーリヤックの小説作品では、子供の無垢が、聖職者の直接的な働きかけよりもはるかに、作中人物の中に敬虔な感情を蘇らせる働きをしていることを忘れてはなるまい。汚れた生活を送る大人の中にも子供の無垢が残っていることをモーリヤックは次のように表現している。

ところがその時、奇跡が起こる。日常の過ちの厚い表皮の下に、子供時代のまったく純粋な水が保たれていたのだ。恩寵によって開かれた通路を通って（地雷の炸裂したあとのように）、水流がなだれ込み、改悛した魂に、すべてが同時に返される。夕べの祈り、明け方の聖体拝領、純潔と完徳に対する不安が。（『ある人生の始まり』、一九三二年）

テレーズの中にも子供の無垢に対する感性は残っている。この引用部からは、自殺を考えた彼女が、ぐっすりと眠る幼い娘の手に触れて涙を流す場面がただちに思い出されてくるはずだ。それと同時に、ジャン・アゼヴェドを知る前の無垢なアンヌが、テレーズにとって一緒にいて穏やかな気持ちになれる唯一の存在であったことも思い出してみなければならない。たしかに、ふたりの「この罪のない長い休止の時間」は「たったひとつでも仕草をすれば、自分たちの形の定まらない純潔な幸福が逃れさってしまったことだろう」という危うい平衡の上に成り立っていたが、註8で触れておいたように、「もっとも無垢な感情ともっとも罪深い感情」の交錯する地点で、テレーズはアンヌのおかげで「もっとも無垢な感情」の側に引き留められていたのだ。テレーズが救済を見出すとしたら、この時の「幸福」に似た感情を呼び覚ましてくれる存在に出会った時なのではないか。果たして、『夜の終り』には、アンナという使用人の女性が登場して、テレーズに子供時代の感情を取り戻させる役割を果たしている。アンヌと名前が酷似していることが単なる偶然であるとは考えがたい。「子供の無垢」に着眼して、『テレーズ・デスケルー』を読み直し、さらにそれ以降のテレーズの登場する作品をたどっていくなら、テレーズが絶えず子供の無垢に眼を留めていることが見えてくるはずだ。

＊　＊　＊

心の中に闇を抱えたモーリヤックのヒロインは、日本の作家にも影響を与え、堀辰雄（一九〇四―一九五三）に『菜穂子』（一九四一年）の黒川菜穂子、三島由紀夫（一九二五―一九七〇）に『愛の渇き』（一九五〇年）の杉本悦子、遠藤周作（一九二三―一九九六）に『深い河』（一九九三年）の成瀬美津子を創出させている。それぞれの作家が、『テレーズ・デスケルー』の具体的な細部を借用しながら、テレーズとは異なる性向を抱える女性作中人物に生命を吹き込んだのだ。

また、フランスで、『なまいきシャルロット』（一九八五年）のクロード・ミレール（一九四二―二〇一二）によって、『アメリ』（二〇〇一年）のオードレー・トゥトゥ主演で二〇一二年に再映画化されるなど（邦題『テレーズの罪』）、現代社会に訴える力も失っていない。子供の虐待、親の介護など家族の問題が話題になることの多い今の日本社会においても、自分の心と向きあうために、カトリック作家の書いたこの小説を読む意義はいっそう大きくなっていると信じている。

翻訳にあたっては、杉捷夫訳と前田総助訳を主に参考にさせていただいた。また、註をつけるにあたっては、ジャック・プティとジャン・トゥゾーの註を参考にした。以下に感謝とともにその書誌を掲げておく。

最後になったが、応募原稿を採択していただいた上智大学出版、細かな疑問に答えていただいた上智大学の同僚のミカエル・デプレ教授に心より感謝申し上げる。

モーリヤック（杉捷夫訳）『テレーズ・デスケイルゥ』新潮文庫、一九七二年（改版）。
モーリヤック（前田総助訳）『テレーズ・デスケールー』青山社、一九八二年。
Mauriac, *Œuvres romanesques et théâtrales complètes*, édition établie, présentée et annotée par Jacques Petit, Gallimard, «Bibliothèque de La Pléiade», t. II, 1979.
Mauriac, *Œuvres romanesques*, édition présentée et annotée par Jean Touzot, Librairie Générale Française, «La Pochothèque», 1992.

【訳者紹介】

**福田　耕介**（ふくだ こうすけ）

1964年東京生まれ。東京大学大学院博士課程中退。ボルドー第三大学フランス文学・比較文学科博士課程修了（文学博士）。現在、上智大学教授。国際モーリヤック学会副会長。専攻はフランソワ・モーリヤックを中心とする20世紀のフランス小説の研究。白百合女子大学在職中より、遠藤周作の研究にも手をひろげて、モーリヤックとの比較を核に据えて取り組んでいる。
主な著書（すべて共著）に、*François Mauriac 7, Mauriac lu par ses pairs* (Lettres modernes Minard)、*L'Amitié, ce pur fleuve...*, (L'Esprit du temps)、『スタンダール、ロチ、モーリヤック—異邦人の諸相』（朝日出版社）、『遠藤周作　挑発する作家』（至文堂）。
ほかに訳注として、遠藤周作「フランス留学時代の恋人フランソワーズへの手紙」（『ルーアンの丘』増補新版、PHP研究所）。

**テレーズ・デスケルー**

2020年9月10日　第1版第1刷発行

著　者：モ　ー　リ　ヤ　ッ　ク
訳　者：福　田　耕　介

発行者：佐　久　間　　勤
発　行：Sophia University Press
上　智　大　学　出　版

〒102-8554　東京都千代田区紀尾井町7-1
URL：https://www.sophia.ac.jp/

制作・発売　㈱ぎょうせい

〒136-8575　東京都江東区新木場1-18-11
TEL　03-6892-6666　FAX　03-6892-6925
フリーコール　0120-953-431

〈検印省略〉　URL：https://gyosei.jp



印刷・製本　ぎょうせいデジタル㈱
ISBN978-4-324-10828-4
(5300302-00-000)
[略号：(上智) テレーズ]

**Sophia University Press**

上智大学は、その基本理念の一つとして、
「本学は、その特色を活かして、キリスト教とその文化を研究する機会を提供する。これと同時に、思想の多様性を認め、各種の思想の学問的研究を奨励する」と謳っている。

大学は、この学問的成果を学術書として発表する「独自の場」を保有することが望まれる。どのような学問的成果を世に発信しうるかは、その大学の学問的水準・評価と深く関わりを持つ。

上智大学は、(1) 高度な水準にある学術書、(2) キリスト教ヒューマニズムに関連する優れた作品、(3) 啓蒙的問題提起の書、(4) 学問研究への導入となる特色ある教科書等、個人の研究のみならず、共同の研究成果を刊行することによって、文化の創造に寄与し、大学の発展とその歴史に貢献する。

## Sophia University Press

One of the fundamental ideals of Sophia University is "to embody the university's special characteristics by offering opportunities to study Christianity and Christian culture. At the same time, recognizing the diversity of thought, the university encourages academic research on a wide variety of world views."

The Sophia University Press was established to provide an independent base for the publication of scholarly research. The publications of our press are a guide to the level of research at Sophia, and one of the factors in the public evaluation of our activities.

Sophia University Press publishes books that (1) meet high academic standards; (2) are related to our university's founding spirit of Christian humanism; (3) are on important issues of interest to a broad general public; and (4) textbooks and introductions to the various academic disciplines. We publish works by individual scholars as well as the results of collaborative research projects that contribute to general cultural development and the advancement of the university.

*Thérèse Desqueyroux*

by François Mauriac

translated by Kosuke FUKUDA, 2020

published by Sophia University Press

production & sales agency : GYOSEI Corporation, Tokyo

ISBN978-4-324-10828-4

order : https://gyosei.jp